# 奇異的魔法色筆

陳慧文
童話故事集

# 奇異的魔法色筆

CONTENTS

目次

# 奇異的魔法色筆

## 之一、聖誕夜的魔法貓咪

咪咪是個五歲的小女孩，非常喜歡畫畫。她常想：如果我畫的東西都會變成真的，那該有多好哇！

聖誕節那天晚上，爸爸媽媽給她一雙新買的、大大的襪子，讓她掛在床頭。咪咪既興奮又期待地問爸爸媽媽：

「聖誕老公公會來嗎？他真的會送我魔法色筆嗎？」

爸爸媽媽微笑著說：「快睡吧！聖誕老公公要等妳睡著以後才會來唷！」

咪咪迷迷糊糊地進入夢鄉。

到了半夜，她被開關門的聲音驚醒，拿起床頭的襪子一看，原來聖誕老公公來過了，在襪子裡放了一盒新的彩色筆。雖然那盒彩色筆看起來和一般市面上賣的沒什麼兩樣，咪咪卻開心地跳了起來：

「太棒了！聖誕老公公真的送了我一盒『可以變真』的魔法色筆！」

咪咪立刻拿出圖畫紙，用她「第一喜歡」的天藍色，畫了一隻貓。過了一會兒，這隻貓果然在紙上跑來跑去地動了起來，咪咪高興地拍手叫好。可是貓咪卻抱怨道：

「哎呀！妳怎麼把我畫成這麼古里古怪的藍色，叫我怎麼見人呀！」

咪咪抱歉地說：「啊！對不起、對不起，我馬上幫你改！」

她想了想，就用她平常「第二喜歡」的粉紅色塗在貓咪身上，藍色和粉紅色加在一起，變成了紫色，咪咪驚喜地說：「哇！好漂亮的紫色呀！」

可是貓咪卻氣得抓狂：

「紫色！紫色！我不喜歡這種好像快凍死了的顏色！快替我想想辦法！」

咪咪不知如何是好，就拿起她「第三喜歡」的黃色彩色筆塗上去，紫色和黃色加在一起，變成一種怪怪的咖啡色。咪咪搗著眼睛想：糟了！這下貓咪一定更生氣了！

沒想到貓咪卻說：「嗯，這個顏色還勉強可以接受。」

咪咪正覺得鬆了一口氣，貓咪又說話了：「喂！妳以為這樣就畫好了嗎？」

咪咪驚訝地說：「對呀？還要畫什麼嗎？」

貓咪氣急敗壞地說：「妳看我全身上下只有一種顏色，真是太單調了！」

咪咪連忙拿起黑色的彩色筆，在貓咪身上畫了幾條斑紋。

這下子貓咪可高興了：「嗯！這就對了！現在的我，就像一隻英姿煥發的老虎。哈哈哈！看來妳真的有畫畫的天分喔！」

咪咪被稱讚了，高興得手舞足蹈，正想再畫一條魚送給貓咪，卻被爸媽叫醒來了。她興奮地抱著爸爸媽媽說：

「爸爸！媽媽！聖誕老公公真的送了我一盒魔法色筆！」

爸爸媽媽覺得很奇怪，因為昨晚他們偷偷放在咪咪襪子裡的，只是普通的彩色筆呀？可是看看桌上的圖畫紙裡，還真的畫了一隻咖啡色、黑斑紋的貓咪，看起來還真是栩栩如生呢！

《國語日報．兒童文藝》　2003.1.2

## 之二、憂鬱的魔法金魚

咪咪有一盒魔法色筆，畫的東西到了半夜會變得像真的一樣。

有一天，她用魔法色筆畫了一條紅色的金魚，有著凸凸的眼睛、圓圓的肚子、大大的尾巴，非常可愛。到了半夜，這隻金魚就在畫紙上慢慢地游了起來，還會吐出水泡呢！咪咪覺得很高興，可是金魚卻顯得懶洋洋的、沒有精神，默默地沉在水底，似乎很憂鬱的樣子。

「金魚！金魚！妳為什麼這麼憂愁呢？」咪咪關心地問，金魚卻沒有回答。

咪咪想了一整天，第二天傍晚她突然靈機一動：「金魚一定是因為缺氧，才這麼無精打采。」於是趕緊在畫面多加了一些翠綠、豔紅、橙黃的水草，還畫了一個不斷冒泡的打氧器，她開心地想：「這樣一定沒問題了！」

到了晚上，各種顏色的水草都緩緩地晃動起來，冒出一點點的水泡，打氧器也勤奮地工作著；然而金魚卻仍愁眉苦臉的，躲在水草裡面，一點生氣也沒有；咪咪又擔心又難過，卻不知道該如何幫助她。

第三天，咪咪突然想到：「對了！金魚一定是肚子餓了！」於是在畫面上方畫了一個不斷倒出魚飼料的罐子，還畫了一個裝得滿滿的定時餵食器。

可是到了晚上，金魚只吃了一兩顆飼料就不吃了，似乎沒什麼胃口。後來過多的飼料反而使水變得汙濁，讓金魚很不舒服，咪咪趕緊用立可白把飼料塗掉，才解決了這個危機。

第四天，咪咪想：「也許是金魚住的地方太單調了，讓她覺得很無趣。」於是，她一口氣畫了許多多采多姿的魚缸造景——白色的假山有好幾個洞口，可以讓金魚鑽來鑽去；可愛的小屋也有活動的門窗，可以讓金魚在裡面歇息；小天使拍著翅膀，不斷地噴出氣泡；輪盤不斷地轉動，發出絢麗的光芒——咪咪得意地說：「這就對了，這下子金魚一定不會再感到無聊了。」

可是到了晚上，金魚還是垂頭喪氣地待在水草裡，對周遭環境的改變幾乎無動於衷。咪咪既洩氣又傷心地說：

「金魚呀！金魚！妳為什麼不出來玩呢？一直待在水草裡會悶出病來唷！」這時咪咪突然想到：「啊！我怎麼那麼粗心，畫了那麼多有趣的東西給她，卻沒有給她玩伴呀！」

咪咪趕緊拿出紅色的畫筆，畫上另一隻眼睛凸凸、肚子圓圓、尾巴大大的紅金魚。這下子金魚果然高興起來了，兩隻魚一前一後地在水草間穿梭，在假山、小屋間玩耍，還在輪盤上跳起舞來呢！

這天晚上，咪咪睡得特別香，她做了一個好美、好甜的夢，夢到自己變成了一隻魚，在水中世界和許多魚兒嬉戲著……

《國語日報．兒童文藝》　2003.1.3

## 之三、愛捉迷藏的魔法蝴蝶

小熊是一個小學生，有一天上美術課時，在圖畫紙上畫了兩棵高大青翠的樹，還有些不知名的野草，正想畫隻蝴蝶時，卻發現他藍色的彩色筆沒水了。坐在他隔壁的咪咪拿了枝藍色彩色筆給他，說：「我的借你用吧！」這時放學鐘聲響了，小熊就把這枝筆借回家。

小熊回家寫完功課後，把圖畫紙拿出來，用咪咪借他的筆畫了一隻藍色的蝴蝶，看起來很亮麗，小熊很滿意地上床睡了。

第二天早上起床，看看桌上的畫……咦？怎麼回事？昨天畫的藍蝴蝶怎麼不見了？小熊拿起圖畫紙左看看、右看看，都看不出有什麼不對勁；偏偏媽媽在催他趕快上學了，他就隨手再畫上兩隻蝴蝶，滿腹疑惑地上學去了。

一放學小熊就用跑的衝回家看他的畫，呼！好險！兩隻蝴蝶都還在，他放心地想：昨天大概並沒有真的畫上蝴蝶，只是在作夢吧！

可是，隔天早上起床一看……哎呀！蝴蝶又不見了！畫面上只有綠色的樹和草，沒有一點藍色的影子……咦，且慢，樹葉背後好像有一點藍藍的東西躲在那兒呢！

放學後，小熊一口氣畫上十二隻藍蝴蝶，依平常作息吃飯、洗澡、做作業，很早就上床睡了，只是在睡前把鬧鐘調到半夜十二點。其實他根本睡不著，一心只想看看他畫的藍蝴蝶為什麼會不見了。好不容易到了十二點，他躡手躡腳地走下床，悄悄地走到書桌旁……

「哇！被我發現了！」小熊興奮得漲紅了臉：「我就知道你們會飛！」

十五隻藍蝴蝶在樹葉及草叢間穿梭飛舞著，真的好漂亮呀！小熊又驚又喜，不由得大叫起來，可是其中一隻躲在草叢背後、看起來最靠近小熊的蝴蝶卻生氣地制止他：

「噓！別吵！你想害我被鬼捉到嗎？」

小熊這才發現，這些蝴蝶飛的模樣和一般蝴蝶不同，躲躲藏藏、左閃右逃的，原來是在玩捉迷藏呀！他興高采烈地說：「好棒！好棒！我也要玩！」

才剛說完，剛才那隻跟他講話的蝴蝶，就被另一隻蝴蝶打了一下說：「哈！換你當鬼！」

被捉到的蝴蝶急得直拍翅膀：「不算不算！這場不算！都是這個人大吵大鬧，暴露了我的行蹤！不公平！不公平！」

其他蝴蝶也從躲藏的地方飛了出來，不高興地對小熊說：「我們玩得正高興，請不要打擾我們！」

小熊不好意思地搔搔頭說：「好好好，我不打擾你們，但是能不能請你們幫個忙？」

蝴蝶們齊聲問：「什麼事？」

小熊說：「明天天亮以前請你們飛出來，不要躲起來好嗎？因為我要拿這幅畫給美勞老師打分數呢！」

蝴蝶們聽了也有點不好意思：「哎呀！是我們不好，每次都玩得忘了時間，明天我們一定會記得飛出來的！」

第二天小熊把圖畫交給美勞老師時，老師稱讚道：「嗯！這十隻蝴蝶畫得好生動哇！」

小熊暗地裡偷笑：「呵呵！還有五隻蝴蝶在玩捉迷藏、忘了飛出來呢！」

《國語日報．兒童文藝》 2003.1.4

## 之四、山水畫中的魔法老人

陳爺爺是一位知名的畫家，最擅長畫山水畫。在一次他的個人畫展中，有個慕名而來的少女送給他一盒彩色筆。陳爺爺為難地笑著說：「很謝謝妳的禮物，可是我一向用水彩，從來不用彩色筆作畫呀！」

少女連忙說：「不，這不是普通的彩色筆，是有魔法的彩色筆喔！」

「魔法？」陳爺爺覺得很奇怪。

「這是我小時候向聖誕老公公祈禱得到的禮物，畫的東西到了半夜都會變成真的。這盒彩色筆陪我度過了快樂的童年，現在，我覺得應該送給一位真正的大畫家，畫出更美麗的作品。」少女誠懇地說。

陳爺爺半信半疑地接受了這個禮物。回家以後，他就用這盒彩色筆畫了一幅山水畫。到了半夜，哇！畫裡的東西果然都動起來了！山上的樹葉微微地搖晃著，偶爾掉下幾片落葉；雲彩緩緩地挪移著，燕子成群結隊地來回飛翔；溪水潺潺地流著，清澈見底，水裡的魚兒歷歷可見……陳爺爺不禁陶醉在這個「桃花源」裡了……

第二天，這幅山水畫又恢復為原來的樣子。陳爺爺心想：如果我能真的置身在那樣如詩如畫的境界中，就算只有一個晚上，此生也就了無遺憾了……他突然想到，如果把自己畫在畫裡，到了晚上不就可以變成「畫中人」了嗎？他立刻在畫裡的松樹下畫了一個穿著長衫的老人，雙手放在背後，欣賞山谷間的景色，一副仙風道骨的樣子。

到了半夜，畫裡的東西果然又變得像真的一樣，畫裡的老人也活了起來，他悠哉悠哉地在林間漫步，偶爾還吟上幾句詩句，看起來真是愜意極了。陳爺爺看得既著急又羨慕：「咦！你不就是我嗎？怎麼自個兒在那裡悠哉快活，我卻仍然無法走進畫裡，只能在畫外乾瞪眼呢？」

畫裡的老人呵呵笑著說：「因為你畫的是『你心目中的你』，並不是『真正的你』呀！」

陳爺爺恍然大悟，第二天就又畫了一個老人，穿著普通的襯衫、短褲、球鞋，衣服上沾了些顏料，看起來有點邋遢，帶著一些畫具在山崖邊寫生，就像他平常到戶外寫生的模樣。他畫得很仔細，連下巴的凸痣都畫上去了，他想：這下總能變成「真正的我」了吧！

好不容易等到半夜，畫裡的魔法再度奏效，但畫裡的老人只是自顧自地作畫，並沒有讓陳爺爺變到畫裡面去。陳爺爺既失望又生氣地說：

「還說會變成真的，根本是騙人嘛！」

畫裡的老人卻慢條斯理地說：「因為你畫的只是『別人眼中的你』，並不是『真正的你』呀！」

《國語日報．兒童文藝》　2003.1.6

# 小黑筆流浪記

小黑是一枝彩色筆，住在一個二十四色的彩色筆盒裡。小主人咪咪是一個可愛的小女孩，每次畫畫都先拿出小黑來描個輪廓，再塗上顏色。小黑覺得自己很重要，也很快樂。

一天晚上，咪咪睡著以後，彩色筆們七嘴八舌地聊起天來。

小紅驕傲地說：「咪咪最喜歡我了，你們看她畫的洋娃娃，身上穿的裙子、鞋子、蝴蝶結，還有頭上戴的花都是紅色的，紅色真可說是美麗的象徵呀！」

小綠不甘示弱地說：「咪咪也很喜歡綠色呀！草原、樹木、遠山都是綠色的，咪咪的圖畫紙上綠色總是占得最多呢！」

「那可不一定，」小藍打岔說：「像今天她畫的是海邊，海和天都是藍色的，占的空間可不比綠色少呢！」

小黑正想說說自己的貢獻，小黃已接口說：「我出場的機會雖然沒有你們多，可是每當咪咪畫洋娃娃的時候，都拿我畫頭髮。洋娃娃那又長又捲的秀髮在金黃色的襯托下，真是美極了！」

「這麼說來，小黑最沒用了，」小紅不客氣地說：「除了畫輪廓以外，什麼都不會。」

「當然了，」小綠點點頭說：「大家都希望畫面乾乾淨淨，誰會想畫得烏漆抹黑的呢？」大家聽了都笑了起來。

小黑很傷心，就在大家不注意的時候，悄悄跳出彩色筆盒溜走了。

小黑離開咪咪家後，一個人在黑壓壓的馬路上走著，一輛計程車開了過來，一不小心擦撞了他一下，小黑倒在地上嚇得尖叫起來，那司機卻生氣地探頭出來罵道：「真是的！穿得一身黑、那麼晚出門，還不小心點！」小黑難過地想：大家果然都不喜歡黑色。

小黑在草叢裡睡了一夜，第二天早上，看到河邊的工廠排放出黑黑的汙水，把原本清澈的小河染黑了，河裡的魚蝦都怨聲載道；又看到工廠的煙囪噴出黑黑的廢氣，把原本蔚藍的天空弄得烏煙瘴氣，小鳥們都被嗆得躲在樹洞裡，不敢再在天空飛翔了。小黑更加難過，他想：原來黑色是這麼骯髒、這麼醜陋，如果世上沒有我，也許會更美好些。他覺得萬念俱灰，就「碰」的一聲跳進了河裡。

有位老婆婆在小河的下游釣魚，剛好把小黑釣了上來。她看到釣鉤上的是一枝彩色筆，驚訝地說：

「咦？你不是彩色筆小黑嗎？怎麼會在河裡呢？」

小黑啜泣著把他的遭遇說出來。

老婆婆慈祥地說：「你真傻，黑色也是上帝賜予的美麗顏色之一，怎麼會不重要呢？」說著她指指自己的白髮說：「記得我年輕時也有一頭烏溜溜的秀髮，現在卻已是滿頭白髮了。而你擁有美麗的黑色，卻看輕自己的價值，不是太不應該了嗎？」

小黑聽了，自告奮勇地要替她把頭髮畫成黑色，老婆婆卻笑著說：「呵呵呵！年輕人，你只要有這份心就夠了，我雖然懷念黑髮，卻也並不討厭白髮。」

小黑離開老婆婆後，繼續往前走，遇到了各式各樣的人。雖然有些人討厭黑色，但也有不少人喜歡黑色。

穿著黑T恤、黑短褲、黑球鞋的小男孩開心地說：「黑色的衣服不容易髒，讓我可以盡情地玩，不怕被媽媽罵。」

穿著一身黑亮皮衣的少年說：「我最喜歡黑色了，黑色是最酷、最炫的顏色！」

開著黑色轎車、穿著黑色西裝的準新郎喜氣洋洋地說：「在正式的場合，還是黑色最顯得大方隆重。」

穿著一襲黑色晚禮服，準備參加金馬獎頒獎典禮的女明星讚嘆著說：「還有什麼比黑色晚禮服更高貴、耀眼的呢？」

夜色漸漸籠罩大地，夜空就像一片黑絨布，布滿了鑽石般閃耀的星星。小黑若有所悟地想：「星星果然需要黑色的襯托，才能顯出她的亮光和美麗。」他漸漸明白黑色的優點及重要性了……

於是，小黑決定回到小主人咪咪身邊，才剛到家門口，就聽到咪咪哭著要找小黑，原來咪咪今天想畫一張自畫像，卻找不到小黑來畫她的黑頭髮、黑眼睛，哭得眼睛都紅了，直到看到小黑回來，才破涕為笑。小紅、小藍、小綠、小黃都慚愧地向小黑道歉，小黑開心地說：「往後大家一起努力吧！」

這天，咪咪畫了一個黑頭髮、黑眼睛、黃皮膚的女孩，穿著紅色的衣服，躺在綠色的草原上，欣賞藍天白雲，各種顏色的蝴蝶在四周飛舞著。這天晚上，咪咪和她的彩色筆們，都做了一個好美、好甜的夢……

《中國時報》　2000.12.17

# 高音多流浪記

翠綠的山腳下，蜿蜒的小溪旁，有一個可愛的地方，叫「佳音幼稚園」。這兒有溫柔美麗的老師，有活潑可愛的小朋友，天天都有歌聲，時時都有笑聲。

音符高音多也住在這個幼稚園裡，雖然人們平常不大注意得到他的存在。他瘦得像根蠟筆，頭上頂著顆小彈珠。他躲在小朋友的唱遊本裡，他藏在黑白相間的風琴鍵裡，他飄在點心時間的音樂中，他陶醉在老師美妙的歌喉中。

高音多最快樂的，就是看著這群天真無邪的小朋友，無憂無慮地唱歌、跳舞、玩耍；而他最遺憾的，就是小朋友每天哼著的兒歌中，幾乎從來沒有唱到他，因為高音多對稚嫩的童音來說，實在是太高、太難唱了，難怪小朋友都不認得他。不過，高音多快樂地相信：老師總有一天會把他介紹給大家的。

一天，高音多聽說老師將要在唱遊課把每個音符介紹給小朋友，他既緊張又興奮，前一天晚上幾乎沒有睡覺，他不斷地勤練自己的歌喉，希望能在小朋友面前有最好的表現。

令人興奮的一刻來臨了，老師一面彈風琴，一面介紹音符。在老師美妙的歌聲及耐心的解說中，快樂多的「多」、好尖銳的「銳」、甜蜜蜜的「蜜」、新沙發的「發」、洗洗手的「手」、嘩啦啦的「啦」、笑嘻嘻的「嘻」……一個個從琴鍵中跳出來，小朋友都好喜歡他們，認真地跟著老師唱，越唱越開心，越唱越高昂；高音多的心跳也越來越快。

終於介紹到音符高音多了，老師特別介紹：「小朋友！這個『高音多』和剛才那個『快樂多』的『多』不一樣喔！看！他的頭上多了一顆小球，所以比剛才介紹過的那些音符都高喔！來！大家跟著唱！」高音多立刻從琴鍵裡跳了出來，努力地唱了一個既標準又清亮的「多——」！

令人驚訝的事發生了，小朋友不是唱走了調，就是一直咳嗽，沒有一個能正確地把高音多唱出來。小朋友都不高興地說：

「這是什麼音呀！怎麼那麼難唱！」

「就已經有『快樂多』的『多』了，幹麼還要『高音多』的『多』嘛！」

「高音多真討厭！」

「老師！我不要唱高音多！」

「我也不要！」

高音多被嚇呆了，他沒想到小朋友都那麼討厭他。老師無奈地說：「好吧！好吧！今天就先教到『嘻』好了！」接著，老師又帶大家唱了好幾首歌，無論怎麼唱，都沒有唱到高音多。

高音多傷心極了，他覺得自己真是一點用也沒有，比不上「快樂多」的「多」，也比不上「好尖銳」的「銳」，也比不上……誰都比不上，他討厭自己的聲音，害自己這麼不受歡迎。於是，他悄悄地離開了佳音幼稚園。

高音多離開了幼稚園後，在河邊一面走、一面哭，突然，他聽到一陣低沉又動聽的歌聲：

「嘓！嘓嘓！嘓！嘓嘓！」

高音多沿著歌聲找，發現原來是草叢裡的青蛙先生在唱歌。他立刻衝上前去，跪在青蛙的面前說：

「偉大的青蛙先生！聰明的青蛙先生！請教我唱出這麼好聽的歌聲吧！」

青蛙先生驚訝地說：

「你的歌聲也非常好聽，為什麼要我教你呢？」

「可是我的聲音太高了，小朋友都不喜歡我。」高音多委屈地說。

青蛙先生很同情他的遭遇，便答應教他。可是，無論怎麼教，高音多就是只會唱高音多，唱不出青蛙先生那低低的「嘓嘓嘓」。青蛙先生越教越火大，最後甚至氣得跳了起來，伸出又長又紅的舌頭，揚言要把他吞掉。高音多嚇得趕快溜走了。

高音多匆匆忙忙地逃到樹上，看到烏鴉先生在枝頭邊哭邊唱：

「嘎！嘎！嘎！」

高音多關心地問：

「烏鴉先生！怎麼了？有什麼事那麼難過呢？」

烏鴉先生哭得更大聲了：

「嘎！嘎！我的聲音太難聽了，人們都討厭我，說我不吉利，還用棍子打我，嘎！嘎！嘎！嘎！」

高音多聽了，也哭了起來：

「多！多！我也是因為聲音太難聽了，人們都討厭我，多！多！多！」

烏鴉先生覺得很奇怪：

「才不呢！你的聲音很好哇！我的聲音如果有你一半好聽的話，就不會被討厭了。」

正說著，突然有一隻美麗的烏鴉小姐飛了過來。她紅著臉，害羞地說：

「烏鴉先生！你的歌聲真好聽，可不可以跟我做個朋友？」

烏鴉先生喜出望外，高高興興地跟著烏鴉小姐飛走了。

高音多繼續流浪，來到了人類居住的小鎮裡，看到了許多新奇的事物，他好奇地東張西望，不小心在巷子裡撞到了貓小姐。貓小姐以為遇到了敵人，就縮起身子，翹起尾巴，低聲怒吼著：

「咪嗚——！咪嗚——！」

高音多連忙道歉：

「對不起！別生氣！我撞到妳不是有意的。」

「你不是音符高音多嗎？在這裡做什麼呢？」貓小姐好奇地問。

高音多就把他的遭遇都告訴了貓小姐，並且羨慕地說：

「我如果能像妳一樣低低地咪嗚咪嗚叫就好了，小朋友會更喜歡我，還可以用來嚇退敵人。」

「你真的想學的話，我可以教你呀！」貓小姐熱心地說。高音多很感謝她，但還是自怨自艾地說：

「可是我太笨了，一定學不會的。」

「那你會叫什麼呢？」

高音多更加難過地說：「我只會唱沒用的高音多而已。」

貓小姐聽了，不以為然地說：

「誰說高音多沒用的？我如果不會叫出高音多的聲音的話，就沒有香噴噴的魚可吃了呢！」

高音多正覺得奇怪，附近有戶人家打開了門，走出一個小女孩，貓小姐立刻迎上前去，在小女孩的腳邊蹭來蹭去，吊起嗓門用高音多的聲音撒嬌著：

「喵嗚！喵嗚！」

小女孩驚喜地說：「哇！好可愛的小貓咪呀！進來吧！我給你吃些小魚！」

貓小姐高興地跟著小女孩進屋了，臨走時還得意地向高音多眨眨眼，好像在說：

「瞧！高音多也是很有用的吧！」

告辭了貓小姐後，高音多在街上漫無目的地閒逛，突然聽到一陣悠揚的旋律，從一戶人家的窗口傳出來。高音多跳上窗口一看，原來是音樂盒女士打開了盒蓋在唱歌。盒中有兩隻透明的小天鵝，隨著音樂翩翩起舞，高音多聽得好入迷，看得好入神，幾乎忘了時間。

音樂盒女士正唱得高興，突然瞥見高音多在那兒探頭探腦，不禁感到奇怪：

「咦？你不是音符高音多嗎？怎麼會在這裡呢？」

「我的聲音太難聽了，人們都不喜歡我。」高音多可憐兮兮地說。沒想到他還沒說完，音樂盒女士就花容失色，又氣又急地說：

「你別胡說八道了！要是我的高音多也跟著逃走的話，主人以為我壞掉了，我可是會被當成垃圾丟掉哇！」說著她連忙把盒蓋蓋得緊緊的，再也不理他了。

高音多正覺得沒趣，突然被一雙大手緊緊抓住，他痛得尖叫起來：

「多——！」

「對！對！就是高音多！太好了！終於給我找到了！」那人一頭亂髮，滿眼血絲，幾近瘋狂地說。

原來，那是一位作曲家，他正在為一位女聲樂家作曲，那女聲樂家不久就要開演唱會，所以一直向他催稿，而他卻不知道最後一個音符該用什麼好，因此傷透腦筋，已經三天三夜沒睡好覺了。一見到高音多，他如獲至寶，不由分說地把他放在自己寫的五線譜上，高興地說：

「真是太完美了！我怎麼早沒想到呢？這裡果然是非高音多不可呀！」

說著，他砰一聲把樂譜闔上，就把樂譜拿去交差了。

女聲樂家對這首曲子非常滿意，作曲家一走，她就認真地練了起來。

「啊——啊——啊——啊！」

在女聲樂家練唱的過程中，高音多驚訝地發現：自己並不是最高的音，還有高音銳、高音咪、高音發、高音手、高音啦、高音嘻。在這首曲子中，最高的音符是高音嘻。這位女聲樂家氣質高雅，又很努力地練唱，所以每個音符都很配合她，盡力發出最標準、最美好的聲音，只有高音嘻最不聽話，不是默不出聲，就是故意發抖，或是唱得很沙啞，害得女聲樂家必須一而再、再而三地重唱。不過，高音多發現每當女聲樂家好不容易唱出正確的高音嘻的時候，臉上都會露出既欣慰、又得意的神色，彷彿一切的辛苦都有了代價。

一直練到三更半夜，女聲樂家才回房休息。女聲樂家一走，樂譜裡的音符們就迫不及待地問高音多：

「小兄弟！你是打那兒來的？」

這下子又提起了高音多的傷心事，他哽咽地說：

「我本來是『佳音幼稚園』的音符高音多，可是我的聲音太高了，小朋友都不喜歡我，所以……」

高音多話還沒說完，就被高音嘻的笑聲打斷了。

「嘻嘻嘻！你這個沒見過世面的高音多，竟然敢說自己的聲音太高，告訴你吧！全世界最高的音符就是我，沒有人能跟我比！」高音嘻從出生就住在這本樂譜裡，所以不知道世上其實還有很多比他更高的音符。

其他的音符聽了，都很不服氣，尤其是高音音符們，紛紛指責高音嘻說：

「聲音高有什麼了不起？」

「如果沒有我們的話，你也沒辦法把歌唱得那麼好！」

「你每次都害主人練那麼多次，害我們也跟著受累，我們還沒怪你呢！你還敢這麼神氣！」

驕傲的高音嘻聽了，卻仍然神氣巴拉地說：

「大家都知道，主人最喜歡的就是我，每次唱到我，都特別高興；就算沒有你們呀！主人的演唱會還是會很成功的！」

高音銳、蜜、發、手、啦聽了，生氣地說：

「我倒要看看如果沒有我們，就憑你一個高音嘻要如何把高音的部分唱好！」說著，也不管快樂「多」、好尖「銳」等音符的勸阻，就拉著高音多一起離家出走了。

音符們離開時，天剛破曉，他們在清新的空氣中飛來飛去，突然聽到有個甜美的聲音在叫：

「音符們！音符們！可不可以幫我一個忙？」

音符們循聲看去，原來是樹上的黃鶯姑娘。

「早安！黃鶯姑娘！有什麼事要我們幫忙的？」

黃鶯姑娘不好意思地說：

「我感冒了，高的聲音唱不上去，唱不出美妙的『早安曲』，能不能請你們跟我一起唱？」

音符們一口答應，便和黃鶯小姐一起唱了起來；優美的歌聲傳遍小鎮，穿過樹林；樹林裡，小松鼠、小白兔們興沖沖地跑來欣賞，蝴蝶、蜻蜓們快樂地隨著歌聲飛舞，勤勞的蜜蜂工作起來更有精神了；小鎮裡，貪睡的孩子起床了，人人哼著歌愉快地出門，上學的上學、上班的上班，走過樹下，都不禁由衷地讚美著：

「今天黃鶯姑娘唱的歌真好聽呀！」

唱完了「早安曲」，黃鶯姑娘一再向他們道謝：

「真是謝謝你們，如果沒有你們的幫助，我真不知該怎麼辦才好呢！」說著，還親了每個音符一下，音符們紅著臉飛走了。

音符們飄浮在小鎮的空中，看到街上擠滿了人，馬路上擠滿了車子，好不熱鬧。突然，他們又聽到有聲音著急地叫著：

「音符們！音符們！可不可以幫我一個忙？」

音符們朝著聲音的方向一看，原來是救護車爺爺，被困在擁擠的車陣中了，便問道：

「救護車爺爺！有什麼事要我們幫忙的？」

救護車爺爺愁眉苦臉地說：

「車子裡有個小男孩剛才被車撞倒了，血流不止，非趕快送醫不可；可是我的警報器偏偏壞掉了，塞車塞得這麼嚴重，再不想想辦法，會出人命的呀！」

音符們聽了，立刻義不容辭地模仿警報器的聲音，高亢地叫了起來：

「哦——咿哦——咿哦——！」

擋在前面的車輛們，聽到這十萬火急的警報聲，紛紛讓出了位子，讓救護車爺爺通過；在高音符們的護送下，終於順利地將小男孩送進了醫院。

「真是太感謝你們了，你們做好事，一定會有好報的！」救護車爺爺感激涕零地說。

音符們到處遊蕩，幫助了許多人，直到遇到了春風姑娘。

「你們這幾個逃家的壞孩子，害女聲樂家再也唱不出好聽的歌，急得哭紅了眼睛，你們還在這裡鬼混！」春風姑娘氣急敗壞地說。

音符們聽說他們敬愛的女聲樂家有了困難，既著急又愧疚，趕緊乘著春風姑娘的翅膀回家。

音符們一回到樂譜裡，就受到其他音符的熱烈歡迎。高音嘻也慚愧地向他們道歉：

「對不起，我以前太驕傲了，我現在才知道，每一個音符都是很重要的。」就這樣，音符們言歸於好，配合女聲樂家日以繼夜地努力練習。到了演唱會那天，大家在女聲樂家賣力的演唱下，團結合作，全力以赴，連高音嘻都不發抖、也不沙啞了，觀眾們都聽得如醉如痴，當歌曲最後以清亮悠揚的高音多結束時，全場報以如雷的掌聲。

演唱會成功地落幕了，音符們正開心地準備舉辦慶功宴，高音多卻要向大家道別了。

「這陣子謝謝大家的照顧，我出來玩了這麼久，也該回到屬於自己的地方了。」高音多誠懇地說。

「回去？你要回『佳音幼稚園』？你不怕回去後又被欺負嗎？」音符們既驚訝

又擔心地說。

「我想，小朋友不喜歡我，是因為不了解我，只要我努力扮演好自己的角色，他們總有一天會接受我的。」高音多充滿信心地說。

音符們見高音多心意已決，不便留他，就依依不捨地向他告別，祝福他一切順利。

高音多回到佳音幼稚園，沒想到竟受到了熱情的歡迎：

「耶！高音多回來了！」

「高音多終於回來了！」小朋友們開心地又叫又跳。

高音多受寵若驚，後來才知道，自從他走了以後，風琴的高音多鍵壞掉了，老師再也唱不到高音多了，唱遊本中的高音多音符都不見了，點心時間的音樂變得斷斷續續的，連下課鐘聲都故障了。小朋友都難過得不想唱歌了，大家都希望高音多趕快回來。

高音多回來了，老師好高興，因為她終於可以把「音符歌」教完了。

「小朋友！高音多是很重要的，大家一定要好好學喔！」小朋友都乖巧地點點頭，老師繼續解說：

「其實，高音多並沒有那麼難唱，只要深吸一口氣，用腹部丹田的力量，不要用喉嚨吼，就可以唱得很好了。來！大家一起試試看！」

小朋友全都認真地吸了一口氣，唱著：

「──多──！」

小朋友們終於會唱高音多了，高興地手舞足蹈，在老師輕快的風琴聲中，快樂的「音符歌」響徹雲霄：

多──唱歌兒快樂「多」，
銳──小剪刀好尖「銳」，
蜜──朋友間甜蜜「蜜」，
發──家裡有新沙「發」！
手──飯前要洗洗「手」，
啦──下大雨嘩啦「啦」！
嘻──唱起歌笑嘻「嘻」！
一直唱到高──音──「多」！
高音多！

《國語日報．兒童文藝》2000.6.15-16，收入《2000年臺灣兒童文學精華集》（2000年天衛文化）及《那年夏天．雙子座》（2013年湖南少兒出版社）

# 糖果紙甜甜的故事

甜甜是一張漂亮的糖果紙，銀色的錫箔紙上繪著紅色的圖案，邊緣還鑲著金黃的滾邊，就像一個盛裝的小公主。由於她身上寫著「甜甜」的字樣，所以大家都叫她「甜甜」。

和其他糖果紙一樣，她一出生就包裹著一顆糖果，放在糖果盒裡，等著出售。糖果紙的任務，就是把糖果打扮得光鮮亮麗、賞心悅目，贏得眾人的讚賞，讓人們品嚐糖果時，心情更加愉快。通常任務一結束，糖果紙就會被扔進垃圾桶裡，逐漸被人遺忘。雖然如此，糖果紙們還是很用心地扮演著自己的角色。

甜甜的運氣比較好，她的小主人「咪咪」是一個可愛的小女孩，很喜歡收集糖果紙，她一見到甜甜就驚喜地讚嘆道：「哇！好美麗的糖果紙呀！」她細心地把沾在甜甜身上的糖果屑擦乾淨，溫柔地把甜甜為了包糖果而扭曲的皺紋撫平，然後小心翼翼地把她放進一個精巧的盒子裡。

盒子裡放著許多各式各樣、五顏六色的糖果紙，除了本國的佳麗外，還有許多來自日本、東南亞甚至歐美的、充滿異國風情的糖果紙；有的身穿透明的薄紗，有的是卡通人物或動物的造型，有的身上彩繪著精緻的風景畫；就像一場全球性的嘉年華會，真是美不勝收；他們都非常高興地歡迎甜甜加入這個大家庭。

咪咪每天都會把他們拿出來，和他們聊天，替他們分門別類，有時還拿他們玩「王子公主」的遊戲，甜甜就好幾次當了女主角呢！甜甜在咪咪的疼愛下過得非常快樂，只是有時覺得日子有點無聊，很希望能發生一些新鮮有趣、甚至緊張刺激的事情。

不知道是不是天神聽到了甜甜的願望，一天下午，咪咪把甜甜及其他幾張糖果紙拿出來，一邊玩一邊講「白雪公主」的故事，這時隔壁的小朋友到門口叫她出去玩，她急急忙忙把糖果紙往盒裡一塞就出門了，倉促間不小心讓甜甜掉在桌子下面。

愛漂亮的蟑螂小姐看到了，就把甜甜撿起來圍在身上，好像穿著鮮豔的一片裙般，蟑螂先生們看了都忍不住眼睛一亮。蟑螂小姐一時得意忘形，竟然跑到餐桌上搔首弄姿。咪咪的媽媽看見了，立刻拿起拖鞋追著打，蟑螂小姐趕緊把甜甜拋下溜走了。媽媽看了說：「咪咪真是的，吃完糖果就把糖果紙亂丟，難怪會把蟑螂引來！」說著就順手把甜甜丟進垃圾桶了。

正在垃圾桶裡找食物的螞蟻小弟，聞到了甜甜迷人的香氣，連忙向夥伴們通風報信，沒多久甜甜身上就爬滿了螞蟻。甜甜覺得渾身發癢難耐，著急地大叫說：

「你們弄錯了，我只是糖果紙，不是糖果，一點也不好吃，你們快放了我吧！」可是螞蟻們不相信，他們合力把甜甜抬起來，走出了垃圾桶，準備把甜甜抓到螞蟻窩去。

爸爸坐在椅子上看報紙，正覺得地板不平，使得其中一支椅腳太短，坐起來很不舒服，看到地板上有張爬滿螞蟻的糖果紙，就把她拿起來甩一甩，把螞蟻都甩開了，然後把她摺一摺，塞在椅腳下面，很滿意地說：「嗯！這個高度剛剛好！」就坐在椅子上繼續看報。

甜甜覺得腰痠背痛、頭昏腦脹，卻連呼救的力氣都沒有，只能咬緊牙關忍耐著。

不知過了多久，爸爸終於離開了位子，甜甜正覺得稍微輕鬆點了，卻發現家裡的貓咪不懷好意地盯著她瞧。貓咪用爪子把她從椅腳推了出來，然後把她當曲棍球般踢來踢去，「追趕跑跳碰」地玩得不亦樂乎，把甜甜弄得頭暈目眩，差點沒昏死過去。

正當甜甜覺得快受不了了，突然聽到咪咪的聲音：「啊！壞貓咪！不可以亂玩我的糖果紙！」原來是小主人咪咪回來了，她看到甜甜變得蓬頭垢面、狼狽不堪，趕緊用濕紙巾把她身上的髒汙揩乾淨，用厚厚的書本把她壓平，好不容易讓甜甜昔日的花容月貌大致恢復了舊觀。

現在甜甜仍然住在咪咪的盒子裡，過著恬淡而幸福的日子。雖然那次驚險的旅程，在她身上留下了幾處斑駁的傷痕，但她卻覺得現在的自己，比以前更有成熟的韻味，也更懂得知足感恩了呢！

《國語週刊．基礎版》855期　2020.8.16-22

# 小黑黏土的心願

在快樂幼稚園中的黏土盒裡，住了小紅、小藍、小黃、小白和小黑五塊黏土。幼稚園的小朋友們常常來找黏土們玩遊戲，把他們捏成各種形狀。一天晚上，幼稚園的小朋友和園長、老師們都離開後，黏土們七嘴八舌地聊起天來。

小紅得意洋洋地說：「今天美美把我捏成一隻漂亮的瓢蟲，老師給她100分呢！」

小藍眉飛色舞地說：「阿豪把我捏成藍色小汽車，老師把我放在成品展示櫃裡，真神氣！」

小黃樂不可支地說：「阿傑把我捏成一隻小黃狗，拿著我一邊汪汪叫、一邊到處玩耍，真有趣！」

小白也心花怒放地說：「雯雯把我捏成一隻小綿羊，所有小朋友都說我超可愛的呢！」

只有小黑沉默不語，他今天被捏成了瓢蟲上的斑點、汽車底下的輪子、小狗和小羊上的眼睛。雖然，他很高興自己能幫助小朋友和黏土們做出完整的成品，但他也希望有一天自己不再是配角，也能有屬於自己的作品……

一天，園長宣布三天後要舉行捏黏土比賽，獲得冠軍的作品將被放在幼稚園門口，供大家觀賞。所有小朋友和黏土們都希望自己的作品得獎，每天認真地練習，小黑黏土更是勤奮，每天晚上大家都睡著後，他還不斷地做伸展操，讓自己更加柔軟、有彈性，希望能以最佳狀況，幫助參賽的小朋友榮獲冠軍。

比賽的日子終於到了。每個小朋友一上臺，都爭著要拿小紅、小黃、小藍、小白等顏色，深怕自己喜歡的顏色被用光了，小黑被冷落在一旁，心裡正難過時，有個可愛的小女孩咪咪拿起了小黑黏土，其他小朋友覺得奇怪，問她：「妳要用黑色做什麼呀？怎麼不用比較鮮豔的顏色呢？」咪咪胸有成竹地說：「我要做我們家的小黑貓，她是全世界最美麗的貓咪。」咪咪認真地把小黑黏土又滾又揉又捏，做出了一隻優雅的黑貓。其他黏土們看到了，都拍手叫好，並誠懇地說：

「小黑，平常都是你幫我們，今天換我們來幫你吧！」

於是，他們分別變成了黑貓耳邊的紅花、湛藍的眼睛、雪白的項鍊和尾巴上黃色的蝴蝶結……

比賽結果，咪咪做的小黑貓得到了冠軍，被放在幼稚園門口，所有人看了都讚嘆不已。黏土們向小黑恭喜，小黑謙虛又感激地說：「這都要感謝咪咪和你們的幫忙，只靠我自己是不可能成功的。」

現在，小黑黏土的心願不再是成為舞臺上的主角，而是和小朋友及黏土們合作，繼續做出更多美好、令人感動的作品。

《國語週刊・基礎版》670-671期　2017.1.29-2.11

# 藍色海豚的故事

美術課上，老師發給每個小朋友一張A4大小、不同顏色的圖畫紙，要小朋友畫上自己喜歡的海洋生物，再剪下來，貼在教室後面的壁報上，做教室佈置。

小翔拿到一張藍色的紙，畫上一隻可愛的海豚，但他剪的時候不小心，把海豚的邊緣剪得像狗啃的，因此他把這隻剪壞的紙海豚往抽屜一塞，向老師要了另一張綠色的紙，畫隻海龜交差了。

其他小朋友也陸續畫好了，壁報上貼滿了小朋友們畫的海洋生物，有紅白相間的小丑魚、綠色的大海龜、尾巴又長又捲的海馬、龐大的鯨魚、帥氣的鯊魚、成群的飛魚，還有彎彎曲曲的海草、五彩繽紛的海葵……把教室裝飾得熱鬧又漂亮。放學後，壁報上的海洋生物們開心地談天說笑、唱歌跳舞，只有被剪壞的藍色海豚孤伶伶地待在小翔的抽屜裡，他感傷自己的命運不佳，默默地哭著睡著了。

第二天早上，小翔把藍色海豚丟進廢紙回收箱，藍色海豚和一堆舊報紙、舊文件等擠在一起，嚇得大叫：「救命啊！我不要待在這裡！放我出去！」

其他的紙安慰他說：「不要害怕，人類會把我們做成其他的紙類用品，過程雖然辛苦，但只要我們勇敢面對、經過磨練，就可以成為有用的物品，在社會上服務人群，還有許多有趣的事物等著我們去經歷和體驗喔！」

藍色海豚奇怪地說：「你們怎麼知道的呢？」

紙張們指著其中幾張面色泛黃、慈藹可親的紙伯伯、紙爺爺說：「他們都曾經被回收再生過，所以知道這個過程。我們的未來充滿無限的可能，可能變成便條紙、筆記本、日記本、故事書、禮品盒等等，會遇到各式各樣的人事物，也許還會遇到珍惜、疼愛自己的好主人，好期待唷！」

藍色海豚聽了不再害怕，躍躍欲試地準備踏上生命的另一個階段。

後來，值日生小羽要把紙類回收箱搬去回收場時，看到了藍色海豚，她高興地說：「這張紙正好可以做成一些藍色的泡泡，來做教室佈置！」於是，她把藍色海豚剪成一顆顆圓圓的氣泡，貼在壁報上每隻海洋生物的嘴邊，使這些海洋生物看起來更生機蓬勃了。

到了晚上，海洋生物們開派對時，都開心地說：有了這些氣泡，讓他們更有活力了，他們都很感謝藍色海豚變成泡泡的貢獻。藍色海豚——現在是藍色泡泡，也很高興能參與海洋生物的盛會，以後還能陪伴這群小朋友們度過快樂的校園生活，未來無論發生什麼事，他都將用樂觀積極的態度去面對！

# 水晶串珠女孩

在一個純樸的村莊裡，有一個聰明可愛的小女孩，因為她很喜歡做串珠，所以大家都叫她「串珠女孩」。

串珠女孩有一個工具箱，裡面放著各種珠子，有大有小，有紅、橙、黃、綠、藍、靛、紫……等各種顏色，圓形、橢圓、方形、星形、愛心……等各種形狀。她常常做出漂亮的手鍊、項鍊，送給認識的人，所以大家都很喜歡她。

村子裡有一個壞心的老巫婆，很嫉妒串珠女孩的手藝和人緣，有一天趁大家不注意，指著那個串珠工具箱下咒語說：「天靈靈地靈靈，這些珠子做成的東西，在一天後都會變成水！」

後來，收到串珠女孩送的串珠禮物的人，都在隔天被淋得濕答答，他們以為這是串珠女孩的惡作劇，所以都很生氣。串珠女孩覺得很苦惱，就帶著工具箱去找小仙女幫忙。

小仙女看過串珠工具箱後，說：「這是老巫婆的咒語，妳要用這些串珠做三件善事，才可以破解咒語。」

於是，串珠女孩帶著工具箱出去旅行，尋找需要幫助的人。

串珠女孩走過河邊時，聽到一個微小的聲音在叫：「救命啊！救命啊！」原來是一隻小螞蟻在河裡溺水了，她趕緊拿出一顆小珠子放在河面，小螞蟻扶著小珠子爬了上來，感激地說：「謝謝妳救了我！」

串珠女孩繼續往前走，看到兔小妹低著頭在公園裡哭，原來是她的跳繩斷掉了，串珠女孩用一條串珠替她把跳繩修好，兔小妹破涕為笑，開心地繼續跳繩。

走著走著，串珠女孩突然聽到有人在唉聲嘆氣，原來是貓小姐的吊床斷掉了，讓她不能好好午睡。串珠女孩用串珠幫貓小姐把吊床修好，貓小姐高興地說：「喵！這樣我可以睡個好覺了，謝謝！」

做了這三件善事後，串珠女孩做的串珠不再會變成水，而會變成美麗的水晶，晶瑩剔透，閃爍著夢幻般的光彩，令大家讚嘆不已，從此以後，大家都叫她「水晶串珠女孩」。

《國語週刊．基礎版》702期　2017.9.10

# 牛家三姊妹寫春聯

牛家三姊妹都很聰明可愛，尤其牛大姊最懂事，做事有耐心、又很細心；牛二姊比較粗心大意，牛小妹最沒耐性。

有一年春節前，牛爸爸和牛媽媽買了一些紅色的春聯紙回來，要牛家三姊妹寫春聯。牛二姊和牛小妹都抱怨道：「好麻煩喔！我們家門口本來就有對聯了，為什麼要換新的？」牛媽媽溫和地說：「門口的對聯已經舊了、褪色了，所以要『除舊布新』，讓『新年』有『新氣象』啊！」牛二姊和牛小妹又問：「為什麼不買現成的、已經印好字的春聯就好了？」牛媽媽還沒回答，牛大姊就開心地說：「就是要自己寫春聯，才有過年的氣氛啊！」

牛大姊拿出硯臺裝了一些清水，又拿出墨條開始磨墨。才磨了一會兒，牛小妹就急急忙忙地拿毛筆沾了墨汁，在最小張的春聯紙上，潦草地寫了個「春」字，然後得意地說：「姊姊！妳們好慢喔！我一下子就寫好了！」說著就丟下毛筆，跑去客廳吃春糖了。

牛大姊磨好墨後，便和牛二姊一起寫春聯。牛大姊很專心仔細、一筆一畫地寫；牛二姊卻一邊寫，一邊想著明天跟爸爸媽媽去逛年貨大街時，要買哪些東西吃；去逛百貨公司時，要買什麼樣式的新衣、新帽和新鞋。

過了許久，牛小妹過來看，發現自己寫的「春」字，因為墨汁不夠濃，已經暈散開了；牛二姊本來要寫的橫批是「牛年行大運」，卻寫成了「生五大行連」；而牛大姊雖然只寫了三個字，卻寫得筆畫正確、工整漂亮，牛小妹和牛二姊很不好意思地問：「大姊，我們要怎麼樣才能寫得像妳那麼好呢？」

牛大姊微笑地說：「毛筆字要寫得很好，要經過長期的練習。不過妳們現在只要靜下心來，肯花時間，仔仔細細、一筆一畫慢慢地寫，就可以寫得整齊好看了！」

牛二姊和牛小妹聽了牛大姊的話，不著急、不分心，慢慢、仔細地寫。最後，牛小妹寫了一個「春」字，倒過來貼在大門的正中央，表示「春到（倒）了」；牛二姊寫了「牛年行大運」的橫批，貼在大門上方；牛大姊寫了一副「牛耕芳草地，鵲報吉祥年」的對聯，貼在大門兩旁。牛爸爸和牛媽媽看了非常滿意，親友們來拜年時，看到這些春聯，也都稱讚牛家三姊妹寫得真好！

牛二姊和牛小妹興致勃勃地說：「寫春聯真有趣！我們以後要每天練習寫書法，明年春節時才能寫出更漂亮的春聯！」牛爸爸、牛媽媽和牛大姊聽了都很高興！

# 老鼠姑娘結婚了

農場裡有一對老鼠夫婦，生了一個女兒，大家都叫她老鼠姑娘。老鼠姑娘有著圓圓的小耳朵、烏溜溜的眼睛、一張秀氣的小臉、幾根細小的鬍鬚，模樣十分可愛，而且非常貼心，時常和父母聊天、幫父母做家事，令老鼠夫婦感到十分欣慰。

日子一天天過去，老鼠姑娘出落得越來越標緻了，老鼠夫婦心想：男大當婚，女大當嫁，也該替老鼠姑娘找個如意郎君了！

有一年除夕，老鼠夫婦和老鼠姑娘一起出門辦年貨。經過鼴鼠家，老鼠夫婦看到鼴鼠家的少爺穿著一身黑亮的毛衣，有著一雙鏟子般的手掌，長得十分強壯，便問老鼠姑娘：「願不願意和鼴鼠少爺成親？」老鼠姑娘仔細觀察，看到鼴鼠爸爸和鼴鼠媽媽正忙著大掃除，鼴鼠少爺卻只顧著吃年糕，完全不想幫忙，老鼠姑娘皺起眉頭說：「我不喜歡好吃懶做的人！」

他們繼續往前走，經過松鼠家，老鼠夫婦看到松鼠家的兩位公子都有著漂亮的棕色皮毛，和毛茸茸的大尾巴，長得很俊俏，便問老鼠姑娘：「願不願意和他們其中的一位松鼠公子成親？」老鼠姑娘仔細觀察，看到松鼠爸爸和松鼠媽媽正忙著準備豐盛的年夜飯，兩隻松鼠公子卻只顧著玩撲克牌，完全不想幫忙，老鼠姑娘搖搖頭說：「我不喜歡貪玩、不做事的人！」

他們繼續往前走，經過一棟人類的房子，牆角下住著平凡的老鼠們，其中有隻年輕的老鼠大哥模樣雖然平凡，卻很認真地幫忙家人打掃環境、料理晚餐。老鼠夫婦問老鼠姑娘：「願不願意和這位老鼠大哥成親？」老鼠姑娘害羞地紅著臉低頭不語。這時，老鼠大哥的爸爸媽媽走了過來，對老鼠夫婦說：

「老鼠姑娘真是漂亮又乖巧，令人一見就喜歡，願不願意和我們家的老鼠大哥結為夫妻呢？」

老鼠夫婦高興地說：「老鼠大哥勤勞認真，是個好青年，我們也很中意！」

於是，雙方便約定好在正月初三，老鼠大哥將穿著帥氣的新郎服，抬著花轎到老鼠姑娘家，將穿著鳳冠霞帔的新娘——可愛的老鼠姑娘娶回家。所以小朋友們正月初三晚上要早點睡覺，不要驚擾了老鼠姑娘和老鼠大哥，要讓他們的婚禮安安心心、順順利利地進行喔！

《國語週刊．基礎版》826-827期　2020.1.26-2.8

# 小狗妹妹做燈籠

元宵節快到了，小狗妹妹吵著要媽媽買一個漂亮的燈籠。小狗媽媽微笑地說：「妳可以試著自己做做看，自己做燈籠比買燈籠更特別、更有趣喔！」

小狗妹妹好奇地問：「那要怎麼做呢？」

「首先，用一些竹條彎折出妳想要的形狀，再將棉紙、皺紋紙或玻璃紙糊在表面，裡面安裝一個小燈泡，就完成了。也可以在燈籠上再增加一些圖案或裝飾喔！」小狗媽媽仔細地說明。

小狗妹妹聽了，躍躍欲試，立刻準備了竹條、棉紙、糨糊、水彩等工具，在院子裡認真地做起燈籠來。她希望能做出一個人見人愛的燈籠，在元宵節提著去逛街，贏得大家的讚美和掌聲。

小狗妹妹把幾根竹條彎成一顆球狀，表面貼上淡黃色的棉紙，正在畫兩顆黑眼珠時，鼠弟弟一面吃著乳酪，一面走了過來，說：

「吱吱！畫得真好！如果能加上像我這樣尖尖的嘴巴，就更好看了！」

小狗妹妹聽了他的建議，正忙著用竹條做出個尖嘴巴時，牛叔叔拉著牛車經過，搖頭晃腦地說：「頭上要有一對翹翹的角，才夠帥氣！哞——」

虎大爺正在追兔小妹，望了一眼小狗妹妹的燈籠，說：「臉上畫些黑色的條紋，額頭上寫個『王』字，才顯得威風！」

「耳朵要長，而且毛茸茸的才可愛！」兔小妹一面說著，一面跳進路旁的洞穴裡，躲過了虎大爺的追逐。

龍哥哥正在空中騰雲駕霧，看到小狗妹妹在做燈籠，飛下來看了一會兒，說：「嘴裡應該含顆又大又圓的珍珠，才顯得高貴！」

蛇姐姐聽了龍哥哥的話，從草叢裡鑽出來說：「從嘴裡伸出細細的舌頭，看起來更優雅！嘶——」

馬伯伯和羊阿姨一起散步，也看到了小狗妹妹的燈籠，馬伯伯說：「臉長一點比較帥！」羊阿姨接口說：「加一撮俏麗的鬍子更美！咩——」

猴哥哥從樹梢上跳下來，一面吃香蕉，一面說：「嘴巴再大一點比較好！」

站在屋頂上的雞大哥插嘴說：「加個紅冠才神氣！咯——咯咯！」

正在隔壁用磚頭蓋房子的豬小弟，也提出意見說：「鼻孔大一點才好，越大越讚！」

小狗妹妹聽了這些話，一下子做這個、一下子畫那個，燈籠卻變得越來越奇怪，她不知該如何是好，不禁傷心地哇哇大哭了起來。小狗媽媽過來安慰她，說：

「每個人的喜好和眼光不同，朋友們給妳的建議，妳可以當作參考，不必完全照做。妳要有自己的主見，先想好自己喜歡的、想做的是什麼，再努力去做，相信妳一定可以做得很好的！」

小狗妹妹聽了媽媽的話，仔細想想，決定做一個小狗燈籠，有著烏溜溜的大眼睛、橢圓的鼻子、大大的耳朵，伸出一點紅色的舌頭，模樣俏皮可愛。燈籠裡裝著會變色的小燈泡，發出七彩的光芒。

到了元宵節晚上，小狗妹妹提著小狗燈籠出門時，很擔心大家會不喜歡她做的燈籠，沒想到每個人看了她的燈籠，都稱讚她做得非常漂亮，小狗妹妹很開心，度過了一個快樂的元宵節！

《國語週刊．基礎版》725-726期　2018.2.18-3.3

# 聰明的魔鏡

母親節快到了，豬小妹想買一個特別的禮物送給豬媽媽。可是她上街找了許久，覺得那些東西都太普通了，她正覺得煩惱時，看到一家新開的店，店名很奇特，叫做「驚喜雜貨店」，豬小妹心想：我正想給媽媽一個驚喜，那就進去瞧瞧吧！

她走進去以後，看到許多特別的物品，如：甜蜜棒棒糖，吃了以後會說出一連串讓人開心的甜言蜜語；感動麥克風，使用它唱出的歌會讓人感動得流淚；超炫舞鞋，穿上它能跳出令眾人鼓掌叫好的街舞……豬小妹想：這些禮物雖然很棒，但好像不大適合我媽媽……

這時，她突然看到一面美麗的鏡子，橢圓形的鏡框是由黃金打造的，雕刻著典雅的花紋，豬小妹自言自語地說：「媽媽一定會喜歡這面鏡子，不過它有什麼特別令人驚喜的地方嗎？」

貓頭鷹老闆走了過來，笑咪咪地對豬小妹說：「這是一面聰明的魔鏡，它以前的主人是白雪公主的王后，那位王后只會問它世上最美麗的女人是誰，其實問它任何問題，它都會回答妳喔！」

豬小妹半信半疑地說：「真的嗎？」

貓頭鷹老闆說：「我示範給妳看。魔鏡啊魔鏡，母親節是哪一天？」魔鏡回答：「五月的第二個星期日。」老闆又問：「母親節的代表花朵是什麼？」魔鏡回答：「康乃馨。」

豬小妹驚喜地拍著手說：「哇！它都答對了耶！好聰明喔！」於是就把魔鏡買回家了。

母親節那天，豬小妹把魔鏡送給媽媽，並要媽媽問魔鏡問題，豬媽媽想了想，問道：「魔鏡啊魔鏡，世上最漂亮的顏色是什麼？」魔鏡說：「紫色。」豬媽媽高興地說：「沒錯！」豬小妹卻皺著眉說：「怎麼會？答案應該是粉紅色才對啊！」這時，豬小弟跑了過來，說：「我也來問問看。魔鏡啊魔鏡，世上最漂亮的顏色是什麼？」魔鏡卻說：「黃色。」豬爸爸也過來問了同樣的問題，魔鏡卻說：「黑色。」大家都覺得這面鏡子很有趣，樂得哈哈大笑，只有豬小妹不高興，她以為自己買到了瑕疵品，又羞又急地說：「魔鏡一定是故障了，我拿去請老闆修理！」

豬媽媽溫柔地微笑著對豬小妹說：「不，魔鏡並沒有壞掉，它回答得很好喔！」豬小妹奇怪地說：「那為什麼每個人問它同樣的問題，它的回答卻都不一樣呢？」豬媽媽解釋道：「這是因為每個人的個性和看法不同，喜歡的事物也不同，所以有些問題是沒有標準答案的喔！」

豬小妹一家人又陸續問了魔鏡許多問題，如：最好吃的食物、最好玩的玩具、最好聽的歌……果然每個人發問、得到的答案都不同，他們一面吃母親節大餐，一面談論魔鏡所說的答案，在說說笑笑中，過了一個快樂的母親節！

《國語週刊．基礎版》841期　2020.5.10-16

# 魔法粽子店

幸福村裡有位慈祥的老太太，開了一家粽子店。她的粽子裡包著香噴噴的豬肉、蛋黃和香菇，既好吃又營養，村裡的人都很喜歡。這家粽子店本來沒有招牌，後來，大家都說老太太的粽子彷彿有魔法，吃起來感覺很滿足又幸福，所以訂製了一塊招牌送給老太太，叫做「魔法粽子店」。

一傳十、十傳百，其他村莊和國家的人也都聽說了魔法粽子的美味，紛紛來買，到了端午節前，魔法粽子店前大排長龍，熱鬧非凡。這個消息傳到了魔法王國，王國中最厲害的三位魔法師——故事魔法師、音樂魔法師和歡笑魔法師來到幸福村，他們說：「這個老太太根本不懂魔法，還敢開魔法粽子店，我們來讓大家開開眼界，看看什麼是真正的魔法吧！」

但是當他們討論到要用什麼魔法來做粽子時，卻吵了起來，因為他們都覺得自己的魔法是最厲害、最受歡迎的。於是，他們決定各開一家粽子店，不但要搶走老太太的生意，還要比賽他們三人之中誰的生意最好。

故事魔法師包的粽子是粉紅色的，吃下去以後會說出好聽的故事；音樂魔法師包的粽子是紫色的，吃下去以後會唱出優美的歌聲；歡笑魔法師包的粽子是五彩繽紛的，吃下去以後會說出令人開懷大笑的笑話。他們都信心滿滿地認為自己包的粽子一定會是暢銷冠軍。

幸福村的村民們從來沒看過這麼奇妙的粽子，因此三位魔法師的粽子店開張的那一天，都吸引了許多人來買；但是第二天，人潮就少了許多；到了第三天以後，就幾乎無人上門了；而老太太的粽子店前仍舊門庭若市，從街頭排到巷尾。魔法師們覺得很奇怪，就去訪問村民們，村民們都說：「魔法師們做的粽子雖然很新奇有趣，但實在不好吃，吃

（圖：林庭羽）

了一個就不會想再吃第二個；不像老太太的魔法粽子，每天吃都不會膩！」

魔法師們好奇地來到老太太的粽子店，跟著大家一起排隊，買到了粽子，吃進嘴裡，感動得流淚，讚不絕口地說：「這粽子究竟是用了什麼魔法？真是太好吃了啊！」他們連忙向老太太請教，爭著要拜老太太為師。

老太太和藹又謙虛地說：「我哪裡有什麼魔法，我只是想著要如何用衛生又可口的食材，讓大家吃得健康又開心而已！」

魔法師們點點頭，恍然大悟地說：「原來這世上最偉大的魔法，就是體貼、關懷他人的心意啊！」

《馬祖日報．副刊》 2019.6.4

# 珠頸斑鳩的父親節禮物

很久很久以前，有一對恩愛的斑鳩夫妻，和兩隻可愛的小斑鳩，住在森林裡一棵大榕樹上的鳥窩裡。斑鳩媽媽的脖子上戴著斑鳩爸爸送的珍珠項鍊，而斑鳩爸爸的脖子上什麼都沒有。

斑鳩爸爸對小斑鳩們很好，他和斑鳩媽媽每天辛勤地外出到處尋找食物，回家餵飽小斑鳩後，就陪他們聊天、玩耍，講故事給他們聽，讓他們在他那溫暖的大翅膀下睡覺，進入甜蜜的夢鄉。

有一年父親節，斑鳩爸媽外出覓食時，小斑鳩們商量著，要送一條項鍊給爸爸，當作父親節禮物。他們不知道哪裡有項鍊，便去問鄰居喜鵲太太。喜鵲太太和藹地說：「你們可以自己做啊！」

小斑鳩們為難地說：「那太難了，我們不會做，我們想找小精靈幫忙，請問您知道怎麼找小精靈嗎？」

「很簡單，」喜鵲太太微笑地說：「小精靈最喜歡白色小花和圓形的東西，你們只要找來一些白色小花，用細細的草莖串成圓圈，再拿一張卡片，上面寫著『父親節快樂』，這樣小精靈就會出現，來幫你們製作父親節禮物了！」

小斑鳩們聽了，很高興地向喜鵲太太道謝，然後趕快飛到樹林裡，來來回回地將許多白色小花和細長的草莖，啣進他們的鳥窩，他們合力將這些花草串成圓圈，並寫好了卡片，然後滿心期待地等著小精靈出現。

到了傍晚，小精靈還沒出現，斑鳩爸媽就回來了，斑鳩媽媽一看到白花圓圈和卡片，就讚嘆地說：「好漂亮的一條項鍊，這一定是你們親手做給爸爸的父親節禮物吧！」斑鳩爸爸把項鍊掛在脖子上，看起來神采飛揚、帥氣十足，他開心地說：「謝謝你們！這個禮物真是太棒了！」小斑鳩們疑惑地說：「小精靈怎麼沒來幫我們做項鍊呢？」斑鳩爸爸慈愛地用額頭碰碰小斑鳩們的頭，說：「你們兩個就是會做項鍊的小精靈啊！」

從此以後，斑鳩爸爸和媽媽的脖子上都戴著白色的項鍊，因此，森林裡的動物們都叫他們「珠頸斑鳩」。

《國語週刊・基礎版》853期　2020.8.3-8

# 森林中的月餅晚會

小羽是個可愛的小女孩，和她的爸爸媽媽住在農場的小木屋裡。農場四周是茂密的森林，森林中的許多動物都是他們的好朋友。

中秋節一大早，小羽和爸爸媽媽在小木屋前擺了一張長桌，努力地揉著一個大麵糰，再把麵糰分成一個個小圓球。森林裡的動物們都好奇地圍過來，問他們在做什麼。小羽開心地說：「我們要在小麵糰中放進一些豆沙和一顆蛋黃，再放進烤箱烘烤，做成好吃的紅豆蛋黃月餅喔！」

動物們聽了躍躍欲試，說：「我們也想自己動手做月餅，不過可以用其他的食物做餡嗎？」小羽媽媽和藹地說：「當然可以啊！你們可以在我們的農場中找找看唷！」動物們高興地分頭去找他們喜歡的食物。

小白兔蹦蹦跳跳地跑進蘿蔔園，挖出一根根紅色的胡蘿蔔；梅花鹿連跑帶跳地來到地瓜田，挖出一根根又肥又大的地瓜；猴子身手矯健地爬上香蕉樹梢，摘下一串串黃色的香蕉；松鼠靈活地爬上栗樹，找到了許多顆咖啡色的栗子。

動物們回到小木屋前，爭著說自己找到的食物是最好的。小羽媽媽微笑地說：

「你們找到的都是新鮮、衛生、營養的食物，都是上天的賜予，都可以做成好吃的月餅喔！」

動物們看小羽一家人做的月餅都是圓形的，便問道：「我們可以把月餅捏成不同的形狀嗎？」小羽爸爸呵呵笑著說：「當然可以啊！」

動物們認真地開始做月餅，小白兔做的是愛心形狀的胡蘿蔔月餅，梅花鹿做的是三角形的地瓜月餅，猴子做的是星星形狀的香蕉月餅，松鼠做的是正方形的栗子月餅。小羽見大家做的月餅都那麼有趣，不甘示弱地拿出她最愛的草莓果醬，做出了葫蘆形狀的草莓月餅。

到了晚上，小羽媽媽把大家做好的月餅擺在烤盤上，放進烤箱烤了二

（圖：林庭羽）

十分鐘，拿出來時，所有月餅的餅皮都呈現金黃的色澤，散發著撲鼻的香氣，大家高興地拍手叫好。小羽一家人和可愛動物們在小木屋前，一面欣賞圓圓的月亮，一面品嘗各種不同風味的月餅，過了一個快樂的中秋夜！

《馬祖日報》副刊　2019.9.5

# 月亮的形狀

很久很久以前，世界上並沒有月亮，每到晚上，大地一片漆黑，人類和動物什麼都看不見，走路常常不小心撞到樹木。因此，天神決定做一盞大燈掛在夜空，為大家照明。

首先，天神做了一個長方形的大燈，裡面裝了許多透明的水，放在天空中。但是這個燈太大太重了，不久就掉了下來，變成了大海。

天神又用土做了一些三角形的燈，裡面裝著一些發亮的金子、銀子和寶石，掛在天上。這些燈在天空照明了幾個晚上，後來還是陸續掉到地面，變成了一座座的山。

天神做的燈總是掉落地面，令祂很苦惱。這時，祂看到地面上有許多小朋友，拿著輕飄飄的氣球在玩耍。祂靈機一動，用發光的神力吹了一個大大的氣球，氣球慢慢飄浮到天上，發出皎潔的光芒，並沒有再掉下來。只是過了幾天，氣球裡的氣慢慢漏掉，氣球越縮越小，最後幾乎看不見了，天神趕緊再努力地吹，氣球就慢慢變回原來又圓又亮的模樣了。

地面上的人們都很喜歡這個發亮的氣球，因為這個氣球每個月都會放大、縮小一次，所以人們就叫它「月亮」。又因為天神總是在每年農曆八月十五日中秋節，將月亮吹得特別圓、特別大、特別亮，所以每到這一天，人們都會在院子裡一面吃月餅，一面欣賞美麗的月亮。

《國語週刊・基礎版》733期　2018.4.15-21

# 鹹湯圓與甜湯圓

很久很久以前，在一個遙遠的地方，有個純樸又可愛的國家，叫做「鹹湯圓國」。這個國家的國王和所有人民都喜歡吃鹹湯圓，他們在糯米糰中包豬肉餡，做成又圓又大的湯圓，放在熱湯中煮過後，一口咬下去，外皮又軟又Q，豬肉鮮嫩多汁，真是人間美味。或是用肉絲、香菇、茼蒿煮一大鍋湯，加入紅色和白色的小湯圓，吃起來也非常可口。

有一年，鹹湯圓國中的十個年輕人結伴出國冒險，他們翻山越嶺、跋山涉水，來到了一個陌生而奇妙的國度，叫做「甜湯圓國」。這個國家的人都喜歡吃甜湯圓，他們在糯米糰中包芝麻、花生或紅豆餡，做成大湯圓，咬下去時，甜蜜的內餡入口即化，好吃極了。或是將紅色和白色的小湯圓放在紅豆湯或黑糖水中，吃起來香甜滑溜，令人讚不絕口。

鹹湯圓國的年輕人們向當地的廚師請教製作甜湯圓的方法，廚師說：「只要你們告訴我鹹湯圓的配方，我就教你們如何做甜湯圓。」年輕人們答應了。幾年後，他們學會了製作甜湯圓，並回到鹹湯圓國，開始販賣甜湯圓。鹹湯圓國的人從來沒吃過甜湯圓，覺得非常新鮮有趣，一時蔚為流行，舉國上下都爭相搶購、品嚐、學做甜湯圓。久而久之，大家都吃甜湯圓，越來越少人吃鹹湯圓，甚至忘記鹹湯圓該怎麼煮了。

有一天，國王突然懷念起童年常吃的鹹湯圓，但宮裡所有的廚師都只會做甜湯圓，國王很難過，因此病倒了。醫生說國王得的是心病，若再吃不到鹹湯圓，可能活不到寒冷的冬天來臨的那一天。大臣們在皇宮外貼出告示，徵求懂得製作鹹湯圓的人。幸好，甜湯圓國的廚師正好來鹹湯圓國參訪，他還記得當年十個年輕人告訴他的鹹湯圓配方，趕緊入宮為國王製作。

在「冬至」這天，國王吃下了暖呼呼的鹹湯圓，非常開心，身體立刻好起來了，全國上下聽說國王脫離險境，都高興地唱歌跳舞。此後，鹹湯圓國的人仍然愛吃甜湯圓，但也同樣愛吃鹹湯圓，他們既樂意嘗試新事物，也珍惜傳統風味，甚至還研發了創意料理，因此可以享用多元的飲食文化，而且每年冬至，他們一定會製作各式各樣的湯圓，來慶祝、紀念這一天。

《馬祖日報・副刊》 2018.12.21

# 貓王選舉大會

聖誕節的晚上，家家戶戶張燈結綵，許多地方都在舉行聖誕舞會。

社區裡那塊平常讓孩子們玩直排輪鞋的空地上，貓咪們的晚會也開始了。

這些貓咪有些是無主的野貓，有些是備受寵愛的家貓。

有的擁有一身蓬鬆的、飄著香水味的長毛，有的是一身滑溜溜的短毛。

有的肥嘟嘟得像矮腳馬，有的修長得像拉長的麵條。

有的尾巴斷了半截，有的兩隻眼睛顏色不同，還有的耳朵像被小朋友摺過的皺紙。

有的全身只有一種顏色，有的混雜著白、黑、黃等好幾種顏色，還有的身上雪白，尾巴、耳朵、臉部及四肢末端的顏色卻越來越深，好像被人用水潑過褪色了似的。

這些形形色色的貓晚上常來這裡散步，通常他們並不多話，只是安靜地享受晚風，欣賞月光。

但今天大家的心情似乎有點興奮。

首先發言的是一隻黑色的老貓「呆呆」，他的主人非常疼愛他，經常帶他去做健康檢查，如今他已經二十歲了（如果以人類的年齡來說，已經是超過一百歲的人瑞了），除了有點糖尿病外，身體還相當硬朗。

呆呆一邊咳嗽，一邊老氣橫秋地說：

「咳！咳！『國不可一日無君』，既然貓王已隨著主人搬家離開了這個社區，趁著大家今天都在，我建議選擇族裡最有經驗、『年紀最長』的貓為貓王。」

他一說完立刻引起一陣噓聲，因為大家都知道族裡年紀最大的就是呆呆。

這時一隻白色的波斯貓「雪球」高傲地走出來說：

「如果要選貓王的話，我認為該選『毛最長』的貓咪才對。長毛象徵高貴的血統，誰的毛比我長，我才會心悅誠服地認他做王。」

他的話還沒說完，擁有一身豹紋黃毛的野貓「小虎」跳了出來，得意洋洋地露出尖尖的利爪說：「『年紀最長』、『毛最長』有什麼用？要保護貓咪們不被野狗或壞人欺負，最重要的就是要有一雙利爪。依我看應該選『爪子最長』的當貓王才對。你們的爪子有我長嗎？」

呆呆和雪球聽了垂頭喪氣地走了，因為他們的主人每個禮拜都替他們剪指甲。

小虎正以為他可以坐上貓王的寶座了，其他貓咪竟又一隻隻地跳了出來：

「大家沒聽過『為民喉舌』這句話嗎？我們需要的是勇於發表意見的領導人，

應該要選『舌頭最長』的當貓王才對。」

「其實大家都錯了，現在我們最大的憂患就是那些凶狠的野狗，我們需要『耳朵最長』的貓，一聽到危險的訊號就趕快通知大家逃走。」

「說到『逃走』，『腳最長』才是最重要的，腳長的貓跑得快，在緊要關頭，可以幫忙把幼小或生病的貓叼走，這才是最理想的貓王。」

「你們都在杞人憂天，其實只要你們不去惹狗生氣，他們也不會找我們的麻煩。我覺得把肚子填飽才是最重要的，要感覺到哪裡有老鼠或小鳥可抓來吃，就要有健康的鬍鬚，所以我提議讓『鬍鬚最長』的貓當貓王。」

大家你一言我一語地爭論不休，一直到天亮了還喵喵喵地叫個不停呢！

《人間福報．兒童天地》 2003.6.22

# 小狗嗄嗄與大貓喵喵

聖誕節的慶祝晚會上，咪咪收到了好多好多聖誕禮物，其中最讓她驚喜的，是一隻可愛的小狗。

原來那是爸爸在路上撿到的一隻剛滿月的、無依無靠的小狗，因為小狗還在牙牙學語，只會嗄嗄叫，不會汪汪叫，所以咪咪就把他取名為「嗄嗄」。

咪咪家的大貓喵喵，是個很愛吃醋的大小姐，看到大家都那麼關心、喜歡小狗嗄嗄，心裡便酸溜溜地不是滋味，所以當咪咪把嗄嗄帶到她面前介紹說：

「喵喵，這是嗄嗄，以後就是我們家的一分子，妳要跟他做好朋友喔！」

喵喵卻哼地一聲別過臉去，跳到窗櫺上自顧自地梳理毛髮去了。

然而直到夜深人靜，小狗還是「嗄嗄嗄」地哭叫個不停，儘管咪咪給他吃了香噴噴的罐頭、做了個溫暖的窩，都沒有用。好奇的喵喵忍不住悄悄走到嗄嗄的狗窩附近，觀察這個怪聲怪叫的小東西到底在哭些什麼。

「嗄！嗄！」小狗哭著說：「有個皮球掉在書櫥後面，蒙上了灰塵，我卻無法把他救出來。」

喵喵點點頭，想到有一回有隻金龜子不慎從窗口飛進房裡，她正抓著他玩得高興，他卻突然飛進沙發底下一直不出來，直到她等得不小心打了個盹，金龜子就一溜煙地從窗口飛走了。想起這段悲傷的往事，她同情地嘆了口氣：「喵！喵！」

小狗繼續啜泣著說：「無論我如何努力，都追不到自己的尾巴。嘎！嘎！」

聽到這裡，喵喵忍不住走近嘎嘎的窩，心有戚戚焉地接口道：

「我可以鑽進衣櫥裡，也可以鑽進書桌的抽屜裡，卻始終鑽不進咪咪的鉛筆盒。喵！喵！」她悲慟得幾乎不能自已了。

小狗哭得更厲害了：

「我的媽媽突然變得又冷又硬，再也變不回原來的樣子！嘎！嘎！」

這回喵喵哽咽地說不出話來了，因為她才剛斷奶就被帶離媽媽的懷抱，放在寵物店的展示箱裡，現在她連媽媽長得什麼模樣都記不起來了。

「喵！喵！」她忍不住和嘎嘎抱頭痛哭起來，她這才發現世上竟有這麼多傷心事，自己平常竟都沒有發現……

……

第二天，咪咪驚訝地發現原本很討厭狗的大貓喵喵，竟抱著小狗嘎嘎睡得又香又甜。

喵喵醒來以後，看看懷中熟睡的小狗嘎嘎，打了個大大的呵欠，摸摸鬍鬚，心滿意足地說：

「嗯！哭過以後，果然睡得特別好呢！」

《更生日報・副刊》 2003.5.30

# 孔雀漂亮羽毛的由來

很久很久以前，所有孔雀，無論公、母，都是一身又短又黑的羽毛，還有一副銀鈴般的好歌喉。他們住在美麗的森林裡，吃野果子維生，吃飽了就唱著鈴鐺般悅耳動聽的歌曲。他們唯一的煩惱，是森林裡的野狼，常常想抓孔雀來吃，使他們總是提心吊膽，沒辦法好好睡覺。

有一年聖誕節，聖誕老公公駕著雪橇車，搖著魔法鈴鐺，唱著「叮叮噹！叮叮噹！鈴聲多響亮！」的聖誕歌曲，經過森林上空時，不小心把鈴鐺弄掉了。一沒有聖誕鈴聲，雪橇車就失去了動力，緊急迫降在森林裡。聖誕老公公在森林裡到處找，都找不到那神奇的魔法鈴鐺，急得滿頭大汗，團團轉地說：「沒有魔法鈴鐺的歌聲，雪橇車無法發動，我就無法分送禮物給小朋友了呀！」孔雀們聽了，自告奮勇地說：「讓我們來試試看吧！」

孔雀們唱出鈴鐺般的歌聲，雪橇車果然發動了，聖誕老公公高興得拍手叫好。於是，孔雀們跳上雪橇車，不斷地唱著歌，跟著聖誕老公公挨家挨戶地送禮物，終於把所有禮物都送到了。孔雀們唱了一個晚上，喉嚨都啞了，但想到小朋友們收到禮物時開心的樣子，所有辛苦都值得了。

聖誕老公公看到孔雀們為了幫助別人，失去了美妙的歌喉，覺得很感動、也很過意不去，就問他們想要什麼聖誕禮物，孔雀們說：「我們只希望野狼再也不會把我們抓來吃。」聖誕老公公想了想，看到雪橇車上還有一些製作聖誕樹剩下的樹枝、綠葉和燈泡，靈機一動，說：「我想到好辦法了！」聖誕老公公使出魔法，把這些翠綠的枝葉、閃亮的燈泡，變成了公孔雀身上的羽毛。

此後，每當野狼在附近出沒時，公孔雀就展開身上那又長又多的羽毛，好像一把寶綠色的大扇子，上面還有許多圓形的圖案，遠遠望去，好像綠樹叢中有一群猛獸，睜著又大又亮的眼睛，嚇得野狼落荒而逃。公孔雀的羽毛不僅能嚇退敵人，而且燦爛奪目，非常漂亮，讓其他鳥類讚嘆不已，封孔雀為「百鳥之王」。從此，善良又美麗的孔雀就保護、領導著所有鳥類，在森林裡過著快快樂樂、無憂無慮的日子。

《國語週刊・基礎版》717期　2017.12.24-30

# 善良的臺灣藍鵲

很久很久以前，臺灣山中有一種鵲鳥，全身黑漆漆的，雖然長得不出色，但心地很善良。

有一天，一隻山鵲在山林間飛翔的時候，聽到一陣悲哀的哭泣聲，仔細一看，是一朵嬌豔的玫瑰花，被遮擋在叢生的荊棘之中，山鵲趕緊用鳥嘴和尖爪把荊棘撥開，玫瑰花探出頭來，鬆了一口氣，迎著陽光和微風伸展著枝葉說：「太好了，我終於有空間生長了，謝謝你！」她看到山鵲的嘴和爪都被荊棘刮得乾裂了，覺得很過意不去，便送他一瓶玫瑰精油，當作護唇膏和護手霜，塗了之後，山鵲的嘴和爪就變成又紅又亮的顏色了。

這時，山鵲聽到一陣焦急的吱吱聲，原來是一隻小環尾狐猴在樹林中跑來跑去，山鵲關心地問發生了什麼事，小環尾狐猴很緊張地說：「我跟媽媽在森林裡採果子，突然看到一隻藍蝴蝶，我追著那隻藍蝴蝶跑了一會兒，卻追丟了，而且也找不到媽媽了，真糟糕！」山鵲聽了，飛到高空，遠遠地看見森林的另一頭，環尾狐猴媽媽正著急地跑來跑去，顯然也在找小環尾狐猴，山鵲用翅膀指著說：「你媽媽在那個方向！」在山鵲的幫助下，小環尾狐猴終於和媽媽團圓了，他們都很感謝山鵲。環尾狐猴最引以為傲的，就是他們那黑白相間的長尾巴，為了表示謝意，就送了山鵲一些黑色和白色的毛，從此山鵲就有黑白相間、又長又漂亮的尾巴了。

山鵲告別環尾狐猴不久，聽到許多拍動翅膀的聲音，原來是一隻藍蝴蝶被黏在蜘蛛網上，動彈不得，還有幾十隻藍蝴蝶都在附近團團轉地飛著，著急得不得了，卻一點辦法也沒有，山鵲趕緊把纏住藍蝴蝶的蜘蛛絲弄斷，救了她一命。原來這隻是藍蝴蝶王國的小公主，她恢復自由後，感激又開心地圍繞著山鵲翩翩飛舞，其他的藍蝴蝶也全都飛在山鵲身邊，表達他們的感謝，他們翅膀上的藍粉紛紛掉落在山鵲身上，從此山鵲的羽毛就變成美麗的藍色了。

從此以後，善良的山鵲除了原本黑亮的頭顱外，還有著紅色的嘴爪、藍色的羽毛和黑白相間的長尾巴，尤其是那身羽毛寶藍的色澤，令森林中所有動物們看了都讚嘆不已，因此大家都叫他「臺灣藍鵲」。

《國語週刊・基礎版》834期　2020.3.22-28

# 螃蟹王子的城堡

有一隻小螃蟹，住在沙灘底下的洞穴裡。一天下午，潮水退了，小螃蟹從洞裡爬出來找東西吃。不巧，有一個小男孩拿著小鏟子和小水桶在沙灘上挖貝殼，無意間挖到了小螃蟹，把他放進了小水桶。小螃蟹緊張地拚命爬、拚命爬，卻怎麼都爬不出來。他害怕地想：「糟了！這下我死定了！」

小男孩看到了小螃蟹，驚訝又開心地說：「哇！好帥好酷的螃蟹唷！你一定是螃蟹王子！我來幫你蓋一座城堡吧！」

小男孩很認真地用小鏟子堆了一個小沙丘，再把沙丘頂部壓平，放上一些小石子，他一邊做一邊對「螃蟹王子」說：「第一層是大廳，你可以在這裡舉辦舞會，這些石頭可以當桌子和椅子喔！」

接著小男孩又堆了城堡的第二層，並藏了許多美麗的貝殼在第二層的沙土裡，他說：「這些是螃蟹王子的金銀珠寶，要藏好一點，才不會被壞人偷走。」

第三層城堡中間挖了一個洞，上面還插了根小樹枝。小男孩對螃蟹說：「這是瞭望臺，你可以在這裡眺望你的國土。上面插的這根是你的旗子。」

小男孩還在城堡四周挖了小水溝，說是護城河；此外也用小樹枝做了橋和城門，這樣螃蟹王子想出城玩，或螃蟹公主從鄰國要來找他時，才有橋可以過。

到了傍晚，小男孩的媽媽來找他說：「該回家吃飯囉！」小男孩把小螃蟹輕輕地從水桶裡拿出來，放在城堡的瞭望臺上，就牽著媽媽的手回家了，他一邊走一邊跳地說：「媽媽，我今天做了一個螃蟹王子的城堡！」媽媽微笑地說：「哇！好棒！」

小螃蟹鑽進城堡裡，心裡想：「其實我是住在沙灘底下的洞洞裡，而且等下漲潮了，城堡就會被海水淹沒了呀！」雖然如此，小螃蟹還是覺得很高興，因為，雖然他只是一隻平凡的螃蟹，根本不是什麼王子，但今天下午，他卻好像真的成了又帥又酷的王子，還擁有如此漂亮的城堡呢！

《國語週刊．基礎版》　338期　2010.9.19-25

# 王子抓週記

在某個國家，國王和王后生了一個可愛的小王子。在他滿週歲時，國王特地舉辦了盛大的生日宴會和「抓週儀式」。

所謂「抓週」，就是在寶寶週歲時，準備一些物品，讓寶寶任意抓取，以此預測寶寶將來會選擇的行業與命運。為了抓週儀式，大臣們準備了象徵學者的書、會當作家的筆墨、會做大官的印章、適合從商的算盤、會大富大貴的錢幣、能當設計師的尺、能征善戰的刀劍……等。國王期待小王子拿到刀劍，將來帶兵打仗，就不怕敵國攻擊了；王后希望小王子拿到印章，將來幫助國王治理國家。

沒想到，抓週儀式開始時，小王子對大臣們準備的東西，都沒有興趣，反而爬到旁邊的筵席下，撿起了女僕上菜時不小心掉落的一根大湯匙，拿著它又敲又打地玩得好開心，那天真活潑的模樣，把現場來賓都逗得哈哈大笑。可是國王卻很不高興，因為他覺得這好像表示小王子將來會喜歡下廚，而他認為男孩子煮飯燒菜是沒出息的。所以生日宴會後，國王就下令把全國的大湯匙全部都燒掉。

沒有了大湯匙，大家要舀湯時，都覺得很不方便。有的人把鍋裡的湯用倒的倒進碗裡，卻常常不小心把湯漏出來或把碗打翻；有的人用杯子或碗來舀，湯汁就滴得桌上、地上到處都是，髒兮兮的。

有一天國王用餐時，喝完了湯，叫女僕再盛一碗，卻看到女僕用小湯匙挖湯，讓國王等得很不耐煩，等一碗湯裝好端上來，湯都冷掉不好喝了；王后乘機對國王說：「其實大湯匙也是很重要的，而且很多有名的大廚都是男生，如果小王子將來很會煮菜，我們就有口福了呀！」國王這才解除了國內不准有大湯匙的禁令。

《國語週刊．基礎版》 333期 2010.8.15-21

# 無聊王子

很久很久以前，有一個國家，國王和王后生了一個小王子，對他非常寵愛，無論他想要什麼，不管是吃的、穿的、玩的，不管是多麼名貴、或是多麼稀有，都會想辦法送到他的面前。可是小王子卻覺得一切都很無聊，無論是多麼好吃的食物、多麼漂亮的衣服、多麼好玩的玩具，都無法讓他開心，他的口頭禪就是：「好無聊喔！」所以，大家都叫他「無聊王子」。

為了讓無聊王子不再感到無聊，國王在皇宮門口貼出告示，只要有人能讓無聊王子覺得高興、有趣，就能得到許多金銀珠寶。於是，歌手、舞者、演員、小丑、魔術師……紛紛來到皇宮前，排了好長好長的隊伍，期待能以精采的表演，博得小王子一笑，贏得豐厚的獎賞。可是，看過了各式各樣的表演，無聊王子還是那句老話：「好無聊喔！」

有一天，一位聰明的大臣對無聊王子說：「看過了這麼多表演，你想不想也表演個什麼節目讓我們看看呢？」國王在旁聽了，不以為然地說：「一向只有王子看別人表演，哪有王子表演給別人看的道理？」不過無聊王子卻難得地眼睛一亮，不再說無聊了，反而說：「這個有意思！」

從此以後，小王子不再喊無聊了，他跟歌手學唱歌、跟舞者學跳舞、跟演員學演戲、跟小丑學雜耍、跟魔術師學變魔術，甚至還跟廚師學做點心、跟裁縫師學做衣服、跟木匠學自己動手做玩具……每天都有新的事物可以學，到處都有人可以當小王子的老師。小王子變得對許多事物都感到好奇、都有興趣，每天都過得好快樂，國王這才知道：原來「學習」就是最有趣的事呀！

《國語週刊．基礎版》　329期　2010.7.18-24

# 睡魔與睡仙

小翔是個淘氣的小男孩，很喜歡玩電腦、滑手機，每天晚上爸爸媽媽催他上床睡覺後，他常趁爸媽不注意，偷偷在房間裡玩電腦或手機，直到三更半夜才想睡，有時甚至玩到快天亮才睡著，第二天早上總是起不來，經常上學遲到、上課打瞌睡。父母、老師又罵又勸，他卻仍然我行我素，大家都拿他一點辦法也沒有。

一天晚上，小翔又趁爸媽都睡著後，偷偷上網玩網路遊戲，正玩得不亦樂乎，突然聽到一陣啜泣聲。循著聲音仔細一看，竟然有個穿著白色衣裳、有著一對透明翅膀、大約像白文鳥那麼大的小精靈，坐在他的床頭哭泣著。

小翔很驚訝地說：「妳是誰？為什麼哭得那麼傷心呢？」

「我是『好心的睡仙』，」她抽抽搭搭地說：「我的任務是讓小朋友們晚上睡得安安穩穩、又香又甜，第二天精神抖擻地上學去。可是你的心完全被遊戲占去了，我施了好幾次催眠的法術都不管用，想到明天『壞心的睡魔』一定又會害你遲到、打瞌睡，就忍不住哭了。」

小翔知道現在的確該睡覺了，但他的網路遊戲玩得正起勁，所以不耐煩地說：

「不用擔心啦！妳看我壯得像頭牛一樣，精神好得很，即使晚一點睡，明天照樣起得來的，那個叫什麼『睡魔』的，我才不怕他呢！妳就別囉唆了，我正要打敗這一關的魔王呢！」說著就自顧自地玩遊戲了。

第二天早上，小翔的媽媽叫他起床時，他正想趕快起身，眼皮卻彷彿有千斤重，怎麼也睜不開，四肢也動彈不得，有個聲音在他耳邊說：「小翔，那麼早起床做什麼，再多睡一會兒吧！」直到媽媽硬把他從床上拉起來，他才勉強醒過來，到學校時因為遲到被老師罵了一頓。小翔心中疑惑地想：早上到底是誰不讓他起床呢？

第一堂是數學課，小翔平時對數學最頭痛，正想好好聽講，那個奇怪的聲音又在他耳邊響起：「數學那麼無聊，聽也聽不懂，乾脆不要聽了，不如趁現在打個盹吧！」

小翔聽著聽著，不知不覺就糊里糊塗、快要睡著了，突然被老師的叫聲驚醒：「小翔！大白天的竟然打瞌睡、不專心聽講，拿著課本到後面罰站！」

在同學們的笑聲中，小翔很不好意思地走到教室後面罰站。站了一會兒，竟然又有聲音在他耳邊說了：「反正已經被罰了，乾脆再睡一會兒吧！」小翔吃驚地看看四周，這才發現有個全身烏黑、披著黑斗篷的小精靈，在他耳邊飛來飛去呢！

「你是什麼人呀？」小翔驚訝地說。

「既然你誠心誠意地發問了，那我就大發慈悲地告訴你吧！」小精靈得意洋洋地說：「我是大名鼎鼎的『睡魔』，我的任務就是讓人在不該睡的時候睡，讓愚蠢的人類無法認真的工作、學習，直到滅亡為止，那這個地球就是我的天下了！哈哈哈！」

「原來你就是那個害我遲到、又害我不能好好聽課的、可惡的『睡魔』！」小翔生氣地說，說著就用手掌朝他揮過去，想把他趕走。

「哈哈哈！你可別怪我，」睡魔一面閃躲一面說：「是你自己該睡覺的時候不好好睡，我的工作才會進行得這麼順利呀！」說著就一溜煙地消失不見了。

可是，睡魔並沒有就此善罷甘休，一整天下來，他不斷地騷擾小翔：下課的時候，小翔想和同學們去打籃球，卻被睡魔困在椅子上睡大頭覺；音樂課時，同學們都張大了嘴巴唱歌，只有他在打呵欠；連放學回家的路上，都因為他迷迷糊糊地闖了紅燈，而差點被車子撞到。

同學們都對他扮鬼臉、取笑他：「睡仙！睡仙！睡仙！」他急忙解釋道：「不是『睡仙』啦！這一切都是『睡魔』搞的鬼！」同學們就笑他一定又在作白日夢了！

小翔被睡魔煩得受不了了，一進家門就直嚷嚷：「睡仙！睡仙！妳在那裡？」然而到處都找不到睡仙，媽媽覺得奇怪，便問他怎麼回事，小翔就把睡魔與睡仙的事情告訴媽媽。媽媽聽了微笑著說：

「其實要克服睡魔並不難，睡魔專門欺負睡眠不足、精神不好、體力差的小朋友，只要你按照正常作息，好好吃飯、洗澡，把功課做完，九點準時上床睡覺，睡仙就會讓你舒舒服服地睡個好覺，第二天精神飽滿、活力充沛，睡魔就不敢欺負你了！」

小翔照著媽媽的話做，果然睡魔就再也沒有來打擾他了。雖然他此後再也沒有看到睡魔與睡仙，但他每晚睡前都不忘說聲：「謝謝妳！睡仙！」因為他知道那善良又可愛的睡仙正在某處守護著他呢！

《人間福報・兒童文學版》 2003.11.23

# 棋子的對話

小翔是一個很喜歡下圍棋的小朋友，他有一個木製的棋盤，還有兩個棋罐，一罐放黑色的棋子，一罐放白色的棋子。每天他都會把圍棋拿出來，和爸爸或媽媽下圍棋。

一天晚上，小翔和爸爸下過圍棋，把圍棋收進玩具櫃後，就上床睡覺了。等小翔睡熟了，棋罐裡的棋子們就開始聊天了。

其中一顆黑棋看到他旁邊竟然擠著一顆白棋，就笑說：「哈哈哈！你怎麼跑到我們黑棋的家了？」

那顆白棋害羞地說：「都是小翔剛才收的時候不小心，把我放錯罐子了，好丟臉唷！」

另一顆黑棋接口說：「你還算幸運的呢！有一次小翔不小心把我掉在地上，又不趕快撿起來，後來被一歲的妹妹撿到，差點要把我吞下肚，幸好爸爸看到了及時搶救，我才逃過一劫呢！」

白棋聽了，露出委屈的表情說：「以前我也有一次被弄掉在地上，滾到沙發底下，過了好幾天，都不能跟大家一起玩圍棋，身上沾滿了灰塵，好難過唷！幸好有一天媽媽掃地把我掃了出來，洗乾淨放回棋罐子，我才能繼續和大家一起玩呢！」

旁邊的黑棋說：「不過，後來爸爸媽媽警告小翔說以後再不把棋子收好，就不讓他玩圍棋了，現在他已經改善很多，每次下完圍棋都會收好呢！」

白棋也說：「對呀！而且小翔的棋力越來越強了，今天跟爸爸下圍棋時，爸爸拿白棋，剛開始占了很多地，我們白棋都以為贏定了，沒想到後來小翔卻拿你們黑棋把我們團團圍住，最後竟然把我們吃掉了不少呢！」

黑棋們聽了，都很高興地說：「沒錯！今天這盤下得真的很精采！」

白棋笑著說：「下圍棋真有趣，希望以後小翔還能常常下圍棋，而且不會把我們弄掉，這樣我們就可以天天快樂地一起玩了！」

黑棋們聽了，都點頭贊同。他們開心地聊著下棋時發生的種種趣事，一直到天亮才進入夢鄉呢！

《國語週刊．基礎版》686期　2017.5.21-27

# 大拇哥受傷了

小翔是個頑皮的小男孩，很喜歡玩手機遊戲。他玩手機遊戲的時候，常常把手機橫著拿，用兩根大拇哥不停地按，努力讓遊戲過關，玩得手指又酸又痛也不肯休息。他的爸爸媽媽常勸他：「手機不要玩太久，對身體不好！」但小翔還是常常趁爸爸媽媽不注意時偷玩手機。

晚上小翔睡著以後，兩根大拇哥常覺得腰痠背痛、苦不堪言，其他手指們都替大拇哥抱不平地說：「你們明明那麼累了，小翔還不讓你們休息，真是太過分了！」但是大拇哥們非常憨厚老實，總是溫和地說：「你們不用擔心，我們休息一個晚上就沒事了！」

第二天，大拇哥們還是強打起精神，和其他手指們一起，盡力為小翔做事。所以小翔一直以為：讓大拇哥累一些，並沒什麼關係。

有一天晚上，小翔玩手機遊戲玩得正緊張刺激的時候，不小心把左手大拇哥扭傷了，但他不但不立刻休息，還勉強讓大拇哥忍著痛又玩了一小時，才肯去睡覺。第二天，左手大拇哥又紅又腫，讓小翔痛得受不了，只好請媽媽帶他去看醫生。醫生替左手大拇哥擦了藥，並用彈性繃帶包起來。

媽媽數落小翔：「看你以後還敢不敢一天到晚玩手機！」

小翔卻無所謂地說：「反正我是右撇子，很少用左手，更少用大拇指，所以不用這根大拇指也沒關係！」

沒想到接下來幾天，小翔發現少了左手大拇哥，平常很簡單的小事，都變得很困難，如：擠牙膏、拿漱口杯、穿左腳的鞋子等，尤其是當他用右手拿鑰匙開門、左手提著裝滿學用品的手提袋時，少了強壯的左手大拇哥，另外四根手指真是叫苦連天，差點提不起那麼重的袋子。小翔這才發現大拇哥平時默默地承擔了許多吃力的工作，自己卻不知道感恩、愛惜，真是太不應該了！

過了一個星期，左手大拇哥終於恢復了健康，可以正常工作了，其他手指這才鬆了一口氣。小翔從此也不再沉迷於手機遊戲，不再讓大拇哥過度勞累了。

《國語週刊．基礎版》848期　2020.7.4-10

大拇哥受傷了

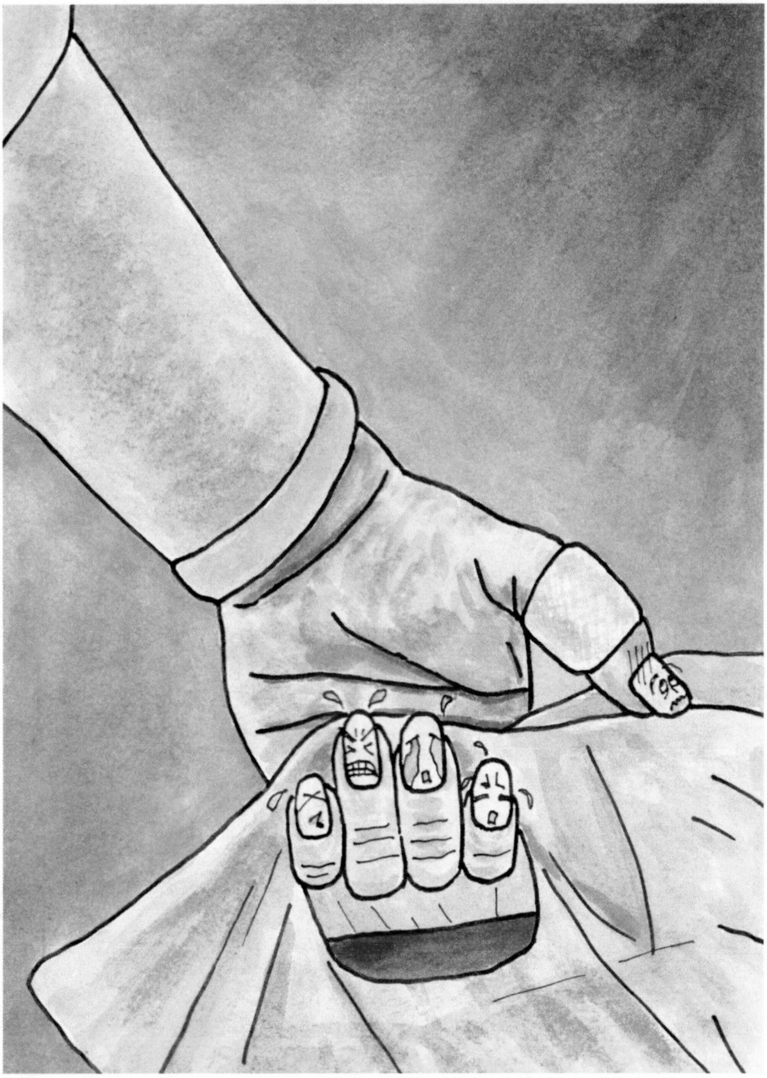

（圖：陳鴻文）

# 爸爸機器人

最近，小羽發現爸爸不再像以前那麼「聽話」了。

以前，小羽說「冷了」，爸爸就會替她披上外套；小羽說「渴了」，爸爸就會拿出水壺；小羽說「餓了」，爸爸就會準備食物，有時是一盤好吃的水餃，有時是一盤切好的蘋果片。

現在，小羽打著哆嗦說：「好冷喔！」爸爸卻說：「自己去拿外套穿！」小羽吵著：「好渴喔！」爸爸卻說：「自己去倒水喝！」小羽叫著：「好餓喔！」爸爸卻說：「自己去盛飯！」小羽撒嬌地說：「我好累，爸爸幫我拿嘛！」爸爸卻說：「妳已經長大了，自己會做的事要自己做！」

小羽覺得好委屈，她嘀咕地說：「如果爸爸變成機器人，身上有許多按鈕，按什麼就做什麼，那該有多好！」

沒想到，剛好有一隻淘氣的小精靈飛過小羽窗前，聽到了她的願望，覺得這個點子很有趣，就俏皮地眨眨眼說：「就如妳所願！」說著對小羽的爸爸揮舞了一下手中的魔法棒，就嘻嘻笑著飛走了。

小羽發現爸爸真的變成機器人了，身上有好多按鈕，按右手的按鈕，就送來一杯新鮮的果汁；按左手的按鈕，就端來一碗香噴噴的拉麵；按頭上的按鈕，就替她檢查回家作業；按嘴上的按鈕，就說故事給她聽；按腳上的按鈕，就陪她玩捉迷藏。小羽覺得這個爸爸機器人真是太讚了！

可是玩了一會兒，小羽就發現這個爸爸機器人雖然會做很多事，卻不會跟她聊天，也不會笑；小羽說了一些在學校發生的事，爸爸機器人卻毫無反應，她開始想念原本的爸爸了，終於，她大哭了起來：「我會自己拿外套、倒水、盛飯了，我會做我自己會做的事，我不要爸爸機器人了，我要原本的爸爸！」

突然，小羽感覺到爸爸溫暖的大手撫摸著她的頭，關心地問：「小羽怎麼了？怎麼在哭呢？」原來小羽的淚水破解了魔法，爸爸變回原本的模樣了，小羽開心地抱住爸爸。

從此以後，小羽不但自動做好自己會做的事，還主動幫忙做家事，因為她不希望小精靈再把爸爸變成機器人了！

《國語週刊．基礎版》697期　2017.8.6-12

# 小女飛俠蒂芬妮

蒂芬妮是個可愛的小女孩，只是有點懶惰。常常不想寫功課、也不願自己整理房間，更不肯幫忙做家事，令爸爸媽媽覺得很傷腦筋。

有一天晚上，她一面看著《小飛俠彼得潘》的故事書，一面感慨又羨慕地說：

「如果可以像小飛俠彼得潘一樣，每天不用上課、不用寫功課、也不用做家事，可以自由自在地飛來飛去、四處玩樂，那該有多好哇！」

她的話一說完，穿著一身翠綠衣服、一頭金髮的彼得潘突然從書中飛了出來，舉手一揮，在蒂芬妮身上撒上魔法的金粉，蒂芬妮感到身體輕飄飄的，就飄浮起來了。彼得潘笑著說：

「妳的願望已經實現了，從今天起，妳就是小女飛俠蒂芬妮！」

蒂芬妮高興地想飛起來，卻差點撞到牆壁，彼得潘牽起蒂芬妮的手，說：

「妳現在還不會控制方向，沒關係，我帶妳到夢幻島上學，妳很快就能學會了！」

他們乘著涼爽的夜風，飛過燦爛的星空，不久就飛到了夢幻島。夢幻島上到處都是茂密的樹林、青翠的草地、繽紛的花朵，漂亮的小鳥在樹梢歌唱，活潑的松鼠在林間穿梭，可愛的梅花鹿在草原奔跑，小飛俠們住在木造的樹屋裡。蒂芬妮看到小飛俠們有的在建造房屋、有的在打掃環境、有的在採集水果、有的在烹煮食物，他們一邊工作、一邊唱歌，忙得不亦樂乎。

在一棵特別巨大的榕樹上，有一幢規模較大的、別墅式的木屋，彼得潘指著那幢房屋說：「那裡就是魔法學校，我們進去看看吧！」

進入魔法學校，蒂芬妮看到小飛俠們在學習各種知識和技能，如：飛翔、狩獵、採集、野外求生……，大家都很認真地聽講，努力地練習。

彼得潘將蒂芬妮帶到學習飛翔的課堂上，在老師的指導下練習飛翔，剛開始蒂芬妮一直摔跤，她覺得好累、好痛、好想放棄，但彼得潘一直鼓勵她，她只好咬緊牙關繼續苦練，終於在天快亮時，靠自己的力量飛了起來，蒂芬妮覺得好開心、好有成就感！

蒂芬妮對彼得潘說：「我該回家了，不然爸爸媽媽會擔心的。」

彼得潘奇怪地說：「妳不想跟我們一起永遠住在夢幻島嗎？」

蒂芬妮不好意思地說：「我原本以為小飛俠們每天都在吃喝玩樂，現在才知道你們是如此認真地生活、快樂地學習。我覺得我應該回到原本的世界，好好學習，做好自己該做的事，不讓爸爸媽媽擔心。」

彼得潘點點頭，說：「好的。以後妳如果想看我們，只要打開故事書，我們隨時歡迎妳再來夢幻島玩喔！」

蒂芬妮回家後，成為一個勤勞懂事、喜歡學習的女孩，每天自動寫功課，常常幫忙做家事，讓爸爸媽媽都很高興。不過她有空的時候，還是會打開故事書，變身為小女飛俠，飛翔在美麗的夢幻島中喔！

《國語週刊．基礎版》751期　2018.8.19-25

# 小黃棉被的故事

小黃是一條棉被，他的身體蓬蓬鬆鬆的，抱起來很舒服；被套是明亮的鮮黃色，還有一些動物圖案，看起來很可愛。

他的小主人是一個小女孩，名叫小羽。在小羽出生前，她的爸爸媽媽買了許多嬰兒用品，包括小黃棉被，準備迎接小羽。小羽出生那天，護士阿姨把小黃棉被柔柔地蓋在嬌小的小羽身上。聽著小羽安詳的呼吸聲，小黃棉被心想：多可愛的小女嬰啊！我要好好保護她！

小羽還是嬰兒的時候，每天晚上都要蓋著小黃棉被，避免著涼；白天要出門時，爸爸媽媽就把小黃棉被摺成包巾，包著小羽嬰兒。外出旅行、或到親友家住宿時，他們也一定會帶著小黃棉被，以免小羽晚上睡不著。所以每天幾乎二十四小時，小黃棉被和小羽都「黏」在一起。

小羽慢慢長大以後，仍然非常喜愛小黃棉被。學翻身、爬行時，她把小黃棉被當地毯，在上面滾來滾去、爬來爬去；學站立、走路時，她也抓著小黃棉被，跌倒時靠著棉被，就不會那麼痛了。小黃棉被陪伴著小羽長大，雖然辛苦，卻非常快樂。

小羽越長越大，活動力也越來越強，有時把小黃棉被當作跳跳床，在上面跳來跳去；有時把小黃棉被當作假想敵，拿起來又丟又踢。玩了一整天下來，小黃棉被常常是腰痠背痛、灰頭土臉。小羽還常常在抱著小黃棉被時畫畫或吃東西，不小心打翻水彩或果汁、掉落飯粒或餅乾屑，把小黃棉被弄得髒兮兮。幸好，每個星期六媽媽都會把小黃棉被放進洗衣機洗，再拿到陽臺晾乾，小黃棉被就能恢復為原本乾淨淨的模樣了。

但是，最近小羽常常在晚上睡覺時，把小黃棉被踢到地上，第二天早上就一直打噴嚏、流鼻水，媽媽罵她：「妳再不好好蓋棉被，遲早會感冒的！」

小黃棉被很擔心，深怕小羽真的因此生病了，他難過地想：是不是因為我太舊了，小羽已經不喜歡我了，要換一條新棉被，小羽才會乖乖蓋好？

一個星期六早上，媽媽把小黃棉被洗乾淨後，拿到屋頂上去晒太陽。這天太陽特別大，把小黃棉被晒得全身暖烘烘的。接著，媽媽拿了根棍子，在小黃棉被身上敲敲打打，小黃棉被覺得自己平日緊繃的心情和身體都放鬆了，不知不覺懶洋洋地睡著了。

等小黃棉被醒來的時候，正被小羽緊緊抱在懷裡，小羽開心地說：「哇！今天的小黃棉被有陽光的味道耶！」

小羽媽媽說：「妳要好好愛護小黃棉被，不要弄髒、也不要亂踢，小黃棉被才能陪妳很久喔！」小羽用臉磨蹭著溫暖、柔軟又芳香的小黃棉被，撒嬌地說：「好！我一定會好好愛惜他的！」

小黃棉被覺得自己好幸福喔！

《國語週刊・基礎版》741期　2018.6.10-16

# 小塑膠杯的妙用

在一個廚房的杯架上，住了許多漂亮的杯子。一天晚上，家人都睡著了，杯子們就聊起天來，其中一只造型優雅的咖啡杯得意地說：

「男主人最喜歡我了，每天早上他剛睡醒，還有點昏昏沉沉的時候，只要一邊吃早餐，一邊拿著我喝杯咖啡，就可以精神抖擻地去上班了呢！」

另一只身材窈窕的高腳杯也不甘示弱地說：

「女主人最疼愛我了，每天晚上她忙完家事後，只要拿著我坐在窗邊的小沙發上，喝杯現打的葡萄汁或柳橙汁，所有的煩惱或疲倦就拋到九霄雲外了呢！」

馬克杯聽了接口說：

「那小主人最寵愛的一定是我了，每次他玩得汗流浹背、口乾舌燥地回家，就急忙把我拿出來，喝一大杯運動飲料或冰鮮奶，頓時清涼解渴，暑氣全消呢！」

大家爭先恐後地訴說著自己的優點和功勞，只有一只小塑膠杯默默地待在角落，一聲也不敢吭。以前，小主人還是一、兩歲的小娃娃的時候，天天都抱著這只小巧可愛的塑膠杯，喝牛奶、喝水、喝果汁，都少不了他；即使小主人常常不小心把杯子打翻，也不必擔心會把杯子弄破。

但小主人漸漸長大，就不再愛用塑膠杯，改用玻璃杯或馬克杯了。小塑膠杯被放在杯架的角落，已經好幾年沒有人拿出來用了。小塑膠杯覺得自己很沒用，在暗地裡偷偷地哭泣。

有一天早上，小主人要上學的時候，跟媽媽說：「今天學校有美術課，要畫水彩畫，我有水彩顏料和水彩筆，可是沒有用來裝水洗筆的杯子。」

媽媽看了看杯架，把小塑膠杯拿出來說：「塑膠杯不怕摔破，方便又耐用，你就帶他去學校吧！」

從此，小塑膠杯不再難過了，因為他可以陪著小主人上學、畫畫，其他的杯子也都很羨慕他呢！

《國語週刊．基礎版》 366期 2011.4.3-9

# 波波球不見了

羊駝妹妹有一顆漂亮的波波球，透明的氣球上貼著五光十色的小燈泡，散發著夢幻般燦爛的光芒。這是在一個園遊會上，羊駝媽媽買來送給她的，羊駝妹妹非常喜歡這顆波波球，每天都帶著他玩耍。

但是有一天，波波球不見了，羊駝妹妹著急地問媽媽：「波波球到哪裡去了？」羊駝媽媽說：「妳回想看看今天帶他到哪裡玩過，就去找找看吧！」

羊駝妹妹跑到她的臥室，高興地說：「找到了！」但仔細一看，那是一個圓形的桌燈，燈罩上鏤刻著五顏六色的雕飾，不是波波球。

羊駝妹妹又跑到洗手間，高興地說：「找到了！」但仔細一看，那是一個玻璃製的香水瓶，裡面放著粉紅、鵝黃、淡綠色的香精球，不是波波球。

羊駝妹妹跑到餐廳，高興地說：「找到了！」但仔細一看，那是一個透明的水果盤，擺著紅色的蘋果、紫色的葡萄、橘色的柳橙，不是波波球。

羊駝妹妹跑到廚房，高興地說：「找到了！」但仔細一看，那是一個玻璃的大碗，羊駝媽媽正忙著做生菜沙拉，把綠色的萵苣、紅色的小番茄、黃色的玉米粒放進碗裡。那也不是波波球。

羊駝妹妹跑到爸爸的書房，高興地說：「找到了！」但仔細一看，那是一個花瓶，插著紅色的玫瑰、紫色的薰衣草和白色的滿天星，不是波波球。

羊駝妹妹跑到客廳，高興地說：「找到了！」但仔細一看，那是一個甕型的魚缸，裡面悠遊著五彩繽紛的孔雀魚，不是波波球。

波波球到底到哪裡去了呢！羊駝妹妹想了又想，突然靈機一動，跑到陽臺一看，高興地大叫：「波波球！我終於找到你了！」羊駝妹妹牽著波波球，又蹦又跳地對媽媽說：

「媽媽！波波球想要出去玩，所以跑到陽臺，去看外面的風景了！」

羊駝媽媽微笑地說：「那我們帶他出去散散步吧！」

羊駝爸爸從書房走出來，高興地說：「好主意，我們到公園去走走吧！」

於是，羊駝一家人帶著愛玩的波波球，還有水果和沙拉，開開心心地到公園去野餐了。

《國語週刊・基礎版》785期　2019.4.14-20

# 小蛇魚過冬

小蛇魚是一隻很像蛇的魚，他的身體長長的，帶有咖啡色的環狀花紋，小巧的頭上有著細細的鬍鬚，模樣很可愛。他有許多好朋友，住在一個漂亮的魚缸裡。

魚缸的底部鋪著五顏六色的細沙，小蛇魚和熊貓鼠、小白鼠常常在細沙上嗅來嗅去，尋找細小的飼料或藻類來吃。魚缸裡擺設著好幾塊石頭、沉木，種植了一些搖曳生姿的水草，正中央擺著一個和「海綿寶寶的家」一樣的鳳梨屋，右邊擺著一個冒著氣泡的荷蘭風車。小蛇魚常常和黃金青苔鼠及斑馬螺一起吃沉木和石頭上的苔蘚，和大和藻蝦一起在水草間或鳳梨屋玩捉迷藏，和螢光魚及孔雀魚一起在風車的氣泡間悠遊跳舞，偶爾也游到水面咬幾口浮萍的根。

他們的小主人小羽是一個可愛的六歲小女孩，每天早上起床後，都會來到魚缸前，親切地對他們說：「早安！」這時小蛇魚和所有的魚兒，都會開心地從躲藏處游出來，活潑地游來游去、揮動著魚鰭向小羽打招呼。接著小羽會拿起魚飼料罐往水面撒幾下，香噴噴的飼料就從水面紛紛落下，讓魚兒們飽餐一頓。傍晚小羽放學回家時，也同樣會來看看魚兒們，餵一頓營養豐盛的晚餐。小羽的爸爸媽媽每個週末，都會清理魚缸的過濾器，抽掉魚缸中三分之一的舊水，加入乾淨的清水。在小羽一家人的愛護下，小蛇魚和其他魚兒們都在魚缸裡過著健康快樂的日子。

魚缸裡有一個將水溫保持在二十八度的加溫器，讓魚兒們每天都感到很舒適。但是有一天晚上，寒流來襲，水溫變得越來越冷、越來越冰，小蛇魚和其他的魚都躲在石縫下、沉木間或鳳梨屋裡瑟縮著，心裡很害怕，覺得自己快要凍死了！

第二天早上，小羽來向魚兒們道早安時，魚兒們卻不像往常那樣游出來，他們仍躲在暗處，一副沒精打采、奄奄一息的樣子，小羽以為他們是餓壞了，趕緊撒下飼料，魚兒們卻都沒胃口吃，小羽很擔心，大叫著：「爸爸！媽媽！您們趕快來看，魚兒好像有點不對勁！」

爸爸媽媽觀察了一會兒，媽媽摸了一下魚缸中的水，驚訝地說：「怎麼那麼冰？」

爸爸檢查了加溫器，說：「原來是加溫器燒壞了，我們趕快去買個新的吧！」

不久，爸爸媽媽就帶著新的加溫器回家了，加溫器裝上後，小蛇魚感到水漸漸變得溫暖，他原本快凍僵的身體又可以靈活地游動了，他很高興地從石縫裡游出來，看到其他的魚朋友們也都沒事了，恢復了往日的健康活潑，大家歡欣鼓舞地在魚缸中跳舞慶祝，他們都很感謝小羽每天早晚都關心著魚兒們的狀況，才能及早發現，救了他們的命！

《國語週刊．基礎版》766期　2018.12.2-8

# 住進手機裡的小羽姊姊

「牛奶糖」是一隻可愛的小貓咪，她的毛色就像乳牛，有著雪白的底色和一些斑塊，那斑塊的黃褐色就像牛奶糖的顏色，所以被取名為「牛奶糖」。

牛奶糖剛出生不久就被送進流浪動物之家，和其他的貓咪們在大鐵籠中生活，雖然那兒的大哥哥、大姊姊都對他們很好，但大家都說：如果被人類收養，就可以住在人類的房子裡，有更寬廣的空間可以玩遊戲，還可以吃到更多美味的食物。

有一天，有個可愛的女孩小羽，和她的爸爸媽媽來到流浪動物之家。小羽平常就很喜歡吃牛奶糖，所以一看到這隻貓咪的花色，就非常喜歡。牛奶糖也很喜歡小羽，不斷蹭著小羽的手和腳喵喵叫。

就這樣，牛奶糖住進了小羽家裡。小羽一家人都對牛奶糖很好，牛奶糖也很喜歡小羽一家人，尤其是小羽姊姊，因為她經常拿逗貓棒或球跟牛奶糖玩，也時常拿小魚乾、蟹肉棒等小零嘴給她吃。

一天早上，小羽姊姊突然拖著一只行李箱出門了。臨走前她在門口蹲下身來，很親切地摸著牛奶糖身上柔軟的毛，說了一會兒話，還在她額頭上親了一下，然後才起身和她的爸爸媽媽離開。到了傍晚，爸爸媽媽回家了，小羽姊姊卻沒有回來。牛奶糖很擔心地來到爸爸媽媽跟前，喵喵叫地問小羽姊姊到哪兒去了？但媽媽卻只是把貓飼料拿出來倒給她吃。

到了晚上，媽媽的手機響了，媽媽開心地說：「喂！小羽啊！那邊好玩嗎？妳想跟牛奶糖講話啊？好，妳等一下。」說著，媽媽把手機螢幕對著牛奶糖，這可把牛奶糖嚇了一大跳，她最喜歡的小羽姊姊竟然變得小小的，而且只剩下一張臉，住進手機裡面了！

「喵——嗚——」牛奶糖用拉長的聲音淒婉地哀號著，問小羽姊姊怎麼會變成這樣？為什麼要住在手機裡

（圖：林庭羽）

面？為什麼不再來抱她、跟她玩了？但小羽姊姊只是噘起嘴巴「啾啾啾」地給她幾個飛吻，並沒有回答這些問題，之後媽媽說了聲「好了好了，早點去休息吧！」就把手機掛掉了。

第二天，牛奶糖痴痴地在門口等了一整天，仍不見小羽姊姊回來。到了晚上，只在手機螢幕上見到了小羽姊姊的臉龐幾分鐘。連續兩天晚上，牛奶糖孤伶伶地躲在小羽姊姊的棉被裡，傷心地飲泣。她想著以往每天晚上都是小羽姊姊親熱地抱著她、說著許多話才入睡。她難過地想著：小羽姊姊在手機裡好像很快樂的樣子，她是不是永遠不回來了？是不是上次小羽姊姊跟她玩逗貓棒時，她不小心在小羽姊姊的手背上抓了一道刮痕，所以小羽姊姊寧可住在小小的手機裡，不想再和她在一起了？

第三天下午，小羽姊姊突然拖著那只行李箱回來了，牛奶糖喜出望外，立刻奔過去拼命在小羽姊姊腳邊磨蹭，要讓小羽姊姊身上充滿牛奶糖的味道，以免以後又不見、找不到了。小羽姊姊抱起她說：「牛奶糖！我好想妳喔！我有好多有趣的事要跟妳說！」小羽姊姊抱著她說了許多話，有什麼「三天兩夜」、「夏令營」等等，牛奶糖聽不懂意思，只知道小羽姊姊終於從手機中跑出來了，而且和以前一樣愛她，她覺得好幸福啊！

《國語週刊・基礎版》850期　2020.7.12-18

# 貓咪的魔法衣櫥

小羽是個可愛的小女孩，家裡養了一隻棕色貓，名叫「糖糖」。小羽很喜歡跟糖糖玩，糖糖走到哪裡，小羽就跟到哪裡。

糖糖跳上桌子，小羽也爬上桌子；糖糖躲在椅子下，小羽也鑽進椅子下；糖糖跳進紙箱裡，小羽也蹲在紙箱裡。

有一天，小羽要找糖糖玩，卻怎麼也找不到，在家裡找了半天，才發現糖糖躲在小羽的衣櫥裡睡覺。小羽鑽進衣櫥，關上門，抱著糖糖，覺得很溫暖，但是黑漆漆的，什麼也看不見，她問糖糖說：「糖糖，你在這裡做什麼？這裡有什麼好玩的呢？」

這時，衣櫥裡突然變成一片寬廣的空間，糖糖說：「在這裡你想要什麼，就可以變出什麼喔！」說著，糖糖變出了許多五顏六色的毛線球，又蹦又跳地玩了起來，小羽開心地跟著糖糖一起將毛線球又拍又踢，並且說：「我也要試試看！」

小羽閉上眼睛想了一會兒，四周就變成了美麗的花園，這裡的花朵都很特別，有的是白色花瓣上布滿紅色的圓點，有的是紫色葉片上布滿金色的星星，有的是枝條上有著彩虹般七種顏色的條紋，每一種都是小羽獨特的創意，糖糖和小羽高興地在花園裡東奔西跑，糖糖說：「總覺得還缺了些什麼，對了！」

糖糖變出了許多透明的水晶蝴蝶、水晶蜻蜓，在花朵間翩翩飛舞，閃閃發光，小羽看了拍手叫好，和糖糖一起追著蝴蝶和蜻蜓玩。玩了好久，糖糖肚子餓了，他舔著嘴巴想了一下，上方突然下起雨來，仔細一看，每一滴雨都是又香又脆的小魚乾，糖糖在小魚乾堆中滾來滾去，滿足地說：「喵！我要開動了！」

小羽正想變出一些果凍來吃，就聽到媽媽在喊：「小羽！來吃晚餐了！」

小羽走出衣櫥，興奮地對媽媽說：「我的衣櫥裡有個魔法世界，而且是要和糖糖在一起才會有魔法喔！」媽媽微笑著說：「那真是太好了！」

《國語週刊．基礎版》722期　2018.1.28-2.3.

# 通往異次元空間的神祕通道

在一個寧靜祥和的社區中，有一座公園，社區裡的居民經常來這兒運動、散步、玩耍。

這座公園看起來並不特別，和其他社區的公園一樣，有花草樹木、運動器材、溜滑梯、盪鞦韆……等，不過，關於公園中的人行磚道，有一個神祕的傳說。這條人行磚道是用灰色和紅色的磚塊排列成的，據說人們走過去的時候，如果只踩紅色的、避開灰色的磚塊，就可以通過神祕通道，到達異次元空間。

許多小朋友都想嘗試前往異次元空間，所以很努力地大跨步、或用跳的踩紅色磚塊，但他們往往只顧著想「過關」，而沒注意到旁邊的人和動物，常常不小心撞到在公園散步的阿公、阿嬤、小貓、小狗……等，所以大人們都叫小朋友不可以再這樣玩，也因此一直沒有小朋友可以順利地只踩紅磚走完那條路。

直到有一天，有一個細心乖巧的小女孩，名叫小羽，她走這條人行磚道的時候，不慌不忙、一步一步地踏著紅磚前進，不但沒有莽莽撞撞地撞到別人，有時還停下來和鄰居打招呼、跟小狗玩一玩、看看路邊剛開放的花朵……不知不覺間，她竟然踩著紅磚走完了這條路。

這時，她眼前的景色突然扭曲變形，一陣天旋地轉，她彷彿被不知名的力量吸進了漩渦……接著，她突然懸空置身於浩瀚的星空中、燦爛的銀河裡，眼前出現一條七彩的、亮晶晶的、彎彎曲曲、起起伏伏的大道，她的身體不由自主地順著這條大道忽上忽下、忽左忽右地快速飛馳，好像在坐宇宙雲霄飛車，又像在玩極限運動，眼前景色如夢似幻、瞬息萬變，真是刺激又暢快！

「小羽！該回家囉！」媽媽的叫聲把小羽拉回了現實世界的公園，她開心地對媽媽說：「媽媽！我剛才到了異次元空間喔！」

小朋友，你家附近是否也有這樣的公園和人行磚道呢？如果你像小羽一樣小心、慢慢地走，也許也能來到異次元空間，有一番特別的體驗喔！

《馬祖日報．副刊》　2016.12.27

# 快樂的魔法黏土

一天，小翔在放學回家的路上，看到一家新開的文具店，名叫「魔法文具店」，小翔覺得很好奇，加上他正好想買黏土，便走進去挑選。

文具店老闆是位慈祥的老爺爺，他笑呵呵地指著一盒十二色的黏土對小翔說：「這是魔法黏土，捏出來的東西都會動喔！」

「真的嗎？」小翔半信半疑。

「當然是真的，不過你要用快樂的心情來捏，它們才會動起來喔！」老闆和藹地說。

小翔滿心期待地抱著這盒黏土回家，他的妹妹小羽一看到就興奮地說：「我也要玩！」

可是小翔卻凶巴巴地說：「這是我的，不給妳玩！」然後就把自己關在書房裡，認真地開始捏黏土。

小翔捏了一輛小汽車，又捏了一架飛機，把它們放在書桌上，迫不及待地等它們發動，但是等了許久，它們仍然一動也不動。

小翔失望又生氣地說：「什麼嘛！老闆騙我！」

這時妹妹小羽進來對小翔說：「給我玩！給我玩！」

小翔沒好氣地說：「妳拿去玩吧！反正那只是普通的黏土，一點也不好玩！」

小羽喜孜孜地用黏土捏了一隻小貓，問小翔說：「哥哥你看！這隻貓可不可愛？」小翔看了，笑著說：「可愛是可愛，但我要捏一隻小狗來追妳的貓！」

兄妹倆開心地一邊聊天說笑、一邊用黏土捏出了許多小動物，有兔子、小鳥、小雞、小鴨、天鵝……等等，在歡笑聲中，這些黏土動物漸漸地開始動了起來，有的飛、有的跑、有的跳，整個書房變成一個充滿歡樂的動物樂園，小翔和小羽高興地拍手叫好！

看著小羽歡喜的笑臉，小翔感到發自內心的快樂，他想到老闆說的話：「要用快樂的心情來捏，它們才會動起來」，恍然大悟地說：「原來快樂的魔法，就是『分享』啊！」

《國語週刊．基礎版》692期　2017.7.2-8

# 醜小鴨前傳

公園裡，一對小兄妹坐在池塘邊的長椅上，一面看白鵝、鴨子游泳，一面聊天。

妹妹若有所思地問哥哥說：「鴨寶寶長大以後，有的會變成鴨子，有的會變成天鵝嗎？」

哥哥覺得這個問題有點蠢，所以略帶不耐煩地說：「才不是，鴨寶寶長大就是鴨子，天鵝寶寶長大才會變成天鵝。」

妹妹又問：「那麼，鴨蛋有的會孵出鴨寶寶，有的會孵出天鵝寶寶嗎？」

「不是，鴨蛋只會孵出鴨寶寶。」哥哥回答。

「那為什麼醜小鴨會變成天鵝呢？」妹妹問。

哥哥現在知道妹妹的問題所在了，所以仔細地回答道：「因為醜小鴨根本不是鴨子，是天鵝寶寶；他原本也不是鴨蛋，而是一顆天鵝蛋；因為某些原因，這顆天鵝蛋跑到鴨媽媽的窩裡，和其他鴨蛋一起被鴨媽媽孵了出來。大家以為他是小鴨子，但是長得比較醜，所以叫他醜小鴨。」

妹妹恍然大悟，點了點頭。過了一會兒，又大聲說：「不對呀！蛋又沒有長腳，為什麼天鵝蛋會跑到鴨媽媽的窩裡去呢？」

「有很多種可能啊！」哥哥隨口應道。

妹妹立刻說：「有什麼可能？你舉出一種！」見哥哥回答得慢些，就吵嚷著：

「快說！快說！你不是說有很多種！」

哥哥腦袋轉了轉，一面思索一面說：「一定是有什麼人或動物，把天鵝蛋從天鵝媽媽的窩裡拿走了。有什麼動物會吃蛋？蛇嗎？」

「對！蛇會吃蛋！」妹妹立刻附和。

「對了，就是這樣。」哥哥靈感一來，順口就說：「蛇在池塘邊，趁天鵝媽媽不注意，偷走了一顆天鵝蛋，帶到穀倉裡，正要享用的時候，鴨媽媽走進來，蛇趕快躲起來，倉促間把天鵝蛋遺落了，鴨媽媽看到，說：『咦？我的蛋怎麼掉到這裡來了？』就把天鵝蛋放進自己的窩裡。」

妹妹聽了，有點疑惑地說：「不過蛇為什麼會怕鴨媽媽呢？」

哥哥自圓其說道：「鴨媽媽的窩在穀倉裡，看到愛吃蛋的蛇，為了保護她的鴨蛋，一定會狠狠地啄他。鴨媽媽的尖嘴巴可厲害呢！」

妹妹對這個故事滿意了，不再發問。哥哥心裡還在兀自想著：

「天鵝蛋出現在鴨媽媽的窩裡，還有沒有其他的可能呢？」

小朋友，你也來想一想吧！也許你編的故事，會比這個哥哥編的更精彩有趣唷！

《青年日報．副刊》 2016.11.25

# 小髒豬與乾淨羊

森林的木屋裡，住著一隻粉紅色的小豬，他的個性開朗大方，而且聰明活潑，唯一的缺點是不愛乾淨。他常常在爛泥巴裡玩耍，弄得全身髒兮兮的，卻不想洗澡，也不願整理住家環境，所以大家都叫他「小髒豬」。幸好，每隔幾天他的好朋友「乾淨羊」到他家拜訪時，都會帶著香皂，催促小髒豬去洗個香噴噴的澡，並且把家裡清洗、擦拭得乾乾淨淨。

有一天，小髒豬又玩得渾身都是泥巴，回到家澡也不洗，就直接躺在床上睡著了。乾淨羊來找小髒豬時，不斷敲門、呼喚著小髒豬，但小髒豬睡得太熟了，沒有應門，乾淨羊擔心小髒豬太髒了、生病了，著急得哭了起來。

天上的雲朵妹妹看見了，安慰乾淨羊說：「別擔心，我下一場大雨，讓雨水從小髒豬家的窗口沖刷進去，把小髒豬和他的家都清洗乾淨吧！」於是，雲層越積越厚，不久，下起了傾盆大雨，雨水從窗口斜斜地打進屋內，把小髒豬淋醒了。小髒豬起身把窗戶一關，又倒頭就睡。雨水再也淋不進屋內，雲朵妹妹見自己幫不上忙，難過地哭了。

平日最疼愛雲朵妹妹的雷電哥哥，看見雲朵妹妹哭了，生氣地說：「小髒豬太過分了，妳別哭，我打個閃電把他的木屋整個轟垮，讓妳用雨水好好把他身上的髒泥巴沖個一乾二淨！」乾淨羊聽了，著急地替小髒豬求情：「不要啊！雷電哥哥！你把小髒豬的家弄垮，這樣他太可憐了，等他睡醒了，我會催他洗澡和清理家裡的！」

但是雷電哥哥在氣頭上，完全聽不進去，他降下一道劃破天際的閃電，眼看就要把小髒豬的木屋劈成兩半，幸好乾淨羊趕緊爬上屋頂裝上了避雷針，才消除了閃電的威力，化解了危機。

這時，卻有一群又一群的蚊子、蒼蠅、老鼠和蟑螂從窗縫、門縫跑進小髒豬的家，把小髒豬吵醒了，他驚訝地說：「你們到我家做什麼？」他們說：「你家好舒服，我們都要搬來這裡！」

小髒豬嚇得奪門而出，看到好友乾淨羊，立刻求救道：「救命啊！乾淨羊，我的家被一群怪物占領了！」乾淨羊微笑地說：「別怕，只要你好好洗個澡，再把家裡打掃乾淨，那些怪物自然會離開的！」

小髒豬聽了乾淨羊的話，徹底洗澡、清掃環境，那些蚊蠅、老鼠、蟑螂果然就趕緊搬走了。從此以後，小髒豬雖然還是很喜歡玩泥巴，但玩過以後一定趕緊清洗乾淨，再也不敢把自己和家裡弄得髒兮兮了！

《國語週刊．基礎版》779期　2019.3.3-9

# 狐狸哥哥騎摩托車

狐狸哥哥是個粗心大意的人，他騎摩托車的時候，常常不注意交通標誌，狐狸爸爸媽媽常常叮嚀他：「馬路如虎口，騎車要小心！」狐狸哥哥卻總是漫不經心地說：「放心啦！不會怎樣的！」令爸爸媽媽很擔心。

有一天，狐狸哥哥騎摩托車出去買東西，轉彎進入一條巷子時，看到地上有個逆向的箭頭，他心想：「這條是單行道嗎？不過我只騎一下下，應該沒關係吧！」他從後照鏡看到黃鼠狼弟弟也騎著摩托車跟在後面，就放心地想：「也有其他人跟我騎同一個方向，可見這樣騎也可以！」

這時大象叔叔開著卡車從對面過來，差點撞上狐狸哥哥和黃鼠狼弟弟，老虎警察趕緊過來查看，大象叔叔心有餘悸地說：「我沒想到單行道上會有車輛從對面過來，幸好我緊急剎車，才沒有撞到他們！」

狐狸哥哥強辯說：「我看到黃鼠狼弟弟也騎這個方向，所以以為這樣騎沒關係！」

黃鼠狼弟弟也說：「我是看到狐狸哥哥騎這個方向，所以跟著騎！」

老虎警察生氣地對狐狸哥哥和黃鼠狼弟弟說：「那你們看到別人偷東西、做壞事，也會以為沒關係，跟著去做嗎？」狐狸哥哥和黃鼠狼弟弟聽了，慚愧地低下頭來。老虎警察見他們知道錯了，就和顏悅色地說：「逆向行駛是很危險的，你們應該隨時注意路上的交通標誌，遵守交通規則，看到別人不遵守交通規則，可以設法勸阻、或告訴警察，不可跟著去做。」

狐狸哥哥和黃鼠狼弟弟說：「我們知道錯了，以後再也不敢了。」

《國語週刊・基礎版》743期　2018.6.24-30

# 小蝸牛找朋友

森林裡一棵美麗的楓樹下，厚厚的落葉堆裡，有一對小蝸牛兄弟，和他們的媽媽過著平靜的生活。

小蝸牛們漸漸長大了，蝸牛媽媽說：「你們已經長大了，應該出去看看這個世界，多交一些朋友。」於是，蝸牛哥哥和蝸牛弟弟慢慢地從落葉堆裡爬了出來，沿著林間的小徑，一個往東邊走、一個往西邊走，各自去認識新朋友。

蝸牛哥哥遇到了蛞蝓姐姐，她長得和蝸牛很像，只是背上少了一個殼。她和蝸牛哥哥一樣，說話慢慢的、走路也慢慢的，喜歡靜靜地欣賞周遭的風景。他們一見如故，很快便成為要好的朋友。

蝸牛弟弟遇到了瓢蟲妹妹，她長得和蝸牛一點也不像，動作也不像蝸牛那樣慢吞吞的。她有著一對紅色、帶有黑圓點的漂亮翅膀，經常在花叢間、天空中飛來飛去，再飛回地面上告訴蝸牛弟弟，她看到了什麼優美的風景或有趣的事。他們也成為要好的朋友。

蝸牛哥哥和蝸牛弟弟回家後，聊起他們的新朋友，蝸牛哥哥說：「你應該找個性像你一樣慢條斯理的動物做朋友，才會合得來。」蝸牛弟弟說：「你應該找活潑好動、跟你完全不一樣的動物做朋友，生活才會充滿樂趣。」他們各持己見、相持不下，最後決定請蝸牛媽媽評評理。

蝸牛媽媽微笑地說：「我們可以和個性相同的做朋友，也可以和個性相反的做朋友，只要能真心相待、互相欣賞、尊重，就可以成為好朋友喔！」蝸牛哥哥和蝸牛弟弟點點頭，他們都很高興自己交到了好朋友！

《國語週刊．基礎版》746期　2018.7.15-21

# 花貓與小壁虎

在一棟漂亮的別墅中，住著可愛的花貓和她的爸爸媽媽。花貓有一個屬於自己的房間，房間裡有軟綿綿的床鋪，和許多毛茸茸的娃娃。只是花貓有點懶散，常常躺在床上吃小魚或餅乾，食物碎屑掉在地上不清掃，吃過的碗筷也放在桌上不拿去廚房洗，爸爸媽媽糾正過她許多次，她還是沒有改善，讓爸爸媽媽很傷腦筋。

夏天到了，花貓的房間裡蚊子、蒼蠅、蟑螂漸漸多了起來，花貓常常追打他們，但好像永遠打不完。有一天，花貓看到一隻小壁虎在她房間的牆壁上，正想撲過去抓他時，爸爸媽媽阻止她說：

「小壁虎雖然看起來滑溜溜的、有點可怕，但仔細看看其實很可愛，而且對我們沒有害處，不要欺負他喔！」正說著，小壁虎就一溜煙地逃到書櫃底下了。雖然如此，小壁虎還是常常趁花貓不注意的時候，跑出來找東西吃。

過了幾天，房間裡的蚊蠅、蟑螂漸漸變少了。這天下午，花貓正舒服地躺在床上玩娃娃，看見小壁虎在牆壁上，正虎視眈眈地盯著一隻蒼蠅，頑皮的花貓一時興起，朝小壁虎撲過去，小壁虎嚇得弄斷了尾巴，花貓好奇地看著那截跳來跳去的尾巴，小壁虎就一溜煙地從窗戶溜走了。

小壁虎離開後，花貓房間裡的蚊子、蒼蠅和蟑螂又多了起來，怎麼趕都趕不完，他們高興地說：「這個房間有許多食物，又沒有可怕的壁虎，真是太棒了！」花貓這才知道先前小壁虎替她趕走了許多害蟲。花貓趕緊把房間清理乾淨，蒼蠅、蟑螂找不到東西吃，才無奈地搬走了。但蚊子還是常常飛來，趁花貓睡著時叮咬她，令花貓非常困擾。

又過幾天，花貓在花園遇見小壁虎，尾巴斷掉的地方已經長出了一小截，花貓不好意思地說：「喵！對不起！你幫我吃掉、趕走了許多討厭的蚊蟲，我不該捉弄你的。」

小壁虎咕咕笑著說：「沒關係！只要以後妳看到我或我的同類，不要再抓我們就好！」

花貓誠摯地說：「現在我把房間整理得比較乾淨，沒那麼多蒼蠅和蟑螂了，但還是常常有蚊子飛進來想叮我，如果你有空的話，歡迎常來我房間玩，讓蚊子不敢來煩我，也許你也可以吃到蚊子大餐喔！」

小壁虎高興地說：「好啊！」

從此，花貓和小壁虎就成為一對好朋友了！

# 長尾巴與短尾巴

村子裡住著一對老夫婦，過著平靜的生活，只是他們沒有小孩，常常覺得日子有點無聊，夫妻倆常為了一點小事吵架。

一天早上，他們在家吃早餐時，老公公提議道：「我們領養一隻貓，讓家裡熱鬧一點兒，妳覺得如何？」老婆婆也覺得這個主意很不錯。

吃過飯後，老公公到東村去散步，經過公園時，看到樹下有個紙箱，裡面有隻被棄養的小公貓，他有著俊俏的臉蛋和金黃的眼睛，背部的毛色是銀灰色虎斑，肚子和四肢是雪白色的，尾巴又短又翹，可能是日本截尾貓的混血兒。他在紙箱裡又叫又跳，活動力很強，老公公滿心歡喜地說：「多麼可愛又活潑的小貓啊！」就把這隻小公貓抱回家了。

老婆婆則在吃過飯後前往西村購物，經過寵物店時，看到店門口貼著「小母貓徵求領養」的告示，櫥窗裡的小貓有著圓滾滾的臉龐、琥珀色的眼睛，白肚銀灰虎斑，和一條長長的尾巴，她靜靜地躺著，輕聲地喵喵叫，看起來文靜溫柔，老婆婆打從心底喜歡：「多麼可愛又乖巧的貓咪啊！」就把這隻小母貓抱回家了。

老公公和老婆婆回家後，發覺他們帶回的兩隻貓長得十分相像，唯一容易分辨的地方，就是小公貓尾巴短、小母貓尾巴長，所以他們就把貓咪們取名為「短尾巴」和「長尾巴」。但是剛開始幾天，短尾巴和長尾巴處得並不好。長尾巴喜歡靜靜地躺在窗臺上享受斜射進來的陽光，短尾巴喜歡在桌椅上跳上跳下地玩。短尾巴常常想找長尾巴一起玩，長尾巴卻不理不睬。短尾巴總是故意一直去拍打長尾巴的尾巴，把長尾巴逼得生氣了，豎起毛發出蛇一般的「嘶嘶」聲，短尾巴也跟著「嘶嘶」叫，接著兩隻貓就扭打起來，好幾次因此把花瓶和碗盤都摔破了。

老婆婆嘆口氣說：「這兩隻貓來自不同的環境，如果個性不同，勉強要他們相處，也太可憐了，把其中一隻拿去送養吧！」老公公點點頭說：「那麼留下短尾巴好了。長尾巴太冷漠了，短尾巴比較活潑討喜。」老婆婆不滿地說：「明明是長尾巴比較乖，短尾巴太皮了，老是欺負長尾巴！」老公公生氣地說：「胡說，短尾巴哪有欺負長尾巴，他是看長尾巴太孤單寂寞了，才想逗她玩的！」

老公公和老婆婆越吵越生氣、越吵越大聲，簡直快把屋頂掀翻了。吵到一半，他們突然想到：長尾巴和短尾巴呢？他們找了半天，才發現兩隻貓躲在沙發後面，互相依靠著，睡得正香甜呢！老公公和老婆婆露出會心的微笑，不好意思地說：「我們還在吵架，他們早就和好了，我們真是連貓咪都不如啊！」

從此以後，長尾巴和短尾巴每天一起玩耍、一起休息，成為形影不離的好朋友。老公公和老婆婆把這兩隻貓都當作自己的子女一般疼愛，兩人也不再為了小事吵架了。

《馬祖日報．副刊》 2018.7.20

# 沒有影子的貓

有一隻農場裡的貓不但不常抓老鼠，還常常趁主人不注意的時候，溜進雞舍抓小雞吃。公雞和母雞很煩惱，就去請聰明的貓頭鷹幫忙。

有一天，貓正躲在雞舍後面等著捉小雞的時候，貓頭鷹飛了過來，對貓說：

「不必等了，小雞們從另一頭看到你的影子，早就逃走了。」

貓低頭一看，自己的影子果然很長，他懊惱地跺著腳說：

「這影子真討厭！一點用都沒有，只會礙事！」

貓頭鷹裝出和藹可親的樣子說：

「我這裡有一瓶藥，喝了它，你的影子就會消失了！」

貓聽了，喜出望外地說：「那真是太好了！」

貓喝下那瓶藥，影子果然消失了，他高興地在農場裡跑來跑去，準備多找幾隻小雞來試試身手。沒想到所有的動物看到他，都驚聲尖叫道：

「哇！這隻貓怎麼沒有影子？他一定是妖怪！我們把他趕走！」

小狗跑過來咬他，鴨子衝過來啄他，馬兒用腿踢他，水牛用角刺他，連農場主人看到沒有影子的貓，都大驚失色地把他當成惡魔，拿起掃把趕他走，最後貓只好逃到森林裡躲起來了。他懷念起自己的影子，後悔地想：

「影子是我最要好的朋友，不論我高興、還是悲傷，都默默地陪伴著我。而我卻嫌他煩，把他拋棄了。現在沒有了他，我被當成怪物，人人喊打，再也無法進入農場了。」

從此，公雞、母雞和小雞們就在農場裡過著快快樂樂、無憂無慮的日子，再也不必擔心被貓抓了。

《國語週刊・基礎版》705期　2017.10.1-7

# 橡皮筋妖怪

森林小學的猴子班中，不知從什麼時候起，教室裡經常有橡皮筋飛來飛去，地上也掉了許多橡皮筋。

有一天，班上的其中一隻小猴子被橡皮筋打到了額頭，他痛得吱吱叫，哭著去告訴他們的貓頭鷹老師。老師來到班上，問道：

「這些橡皮筋是誰帶來的？是誰拿橡皮筋射同學？」

小猴子們聽了，七嘴八舌、議論紛紛，每隻都說橡皮筋不是自己帶來的、也不知道是誰帶來的，自己從來沒拿橡皮筋射同學，只有在下課時拿來射黑板或牆壁而已，而且幾乎每隻小猴子都曾被橡皮筋射到過，卻都沒看到射到自己的是哪位同學。貓頭鷹老師聽了，戴上眼鏡，拿出一本厚厚的百科全書，翻開來查了一會兒，恍然大悟地說：「原來如此，是橡皮筋妖怪在作怪！」

「什麼是橡皮筋妖怪？」小猴子們好奇地說。

「橡皮筋妖怪最喜歡待在小學生的教室，只要有一個小朋友拿一根橡皮筋射別人，妖怪就會變出十根，每根都有強大的魔法，讓每個小朋友看到，都忍不住想拿起來射其他的小朋友！」貓頭鷹老師解說道。

這群小猴子們都很活潑好動，聽了這番話不但不害怕，還高興地說：「太好了，這樣就有數不清的橡皮筋可以玩了！」他們拿起橡皮筋射來射去，玩起對戰遊戲，橡皮筋一根變十根、十根變百根，不久，整個教室都充滿了橡皮筋，甚至滿到外面來，把走廊和操場都淹沒了。小猴子們的書包都被塞在橡皮筋堆裡，也沒辦法在操場玩籃球，他們開始覺得橡皮筋太多了，便去問貓頭鷹老師，怎樣才能請橡皮筋妖怪離開。

貓頭鷹老師呵呵笑著說：「很簡單，只要你們別再拿橡皮筋射同學，橡皮筋妖怪就會覺得很無聊，自動離開了！」

小猴子們從此不再拿橡皮筋射同學，橡皮筋果然不再越變越多，森林小學猴子班又恢復了往日的平靜和樂。現在，橡皮筋妖怪正到處尋訪喜歡亂射橡皮筋的小朋友，好讓他再大鬧一場喔！

《國語週刊．基礎版》828期　2020.2.9-15

# 糖果學校裡的轉學生

在一個遙遠的國度裡，有一個糖果學校，溫柔的棉花糖姊姊、強壯的牛軋糖哥哥、可愛的巧克力妹妹、調皮的水果糖弟弟……等等，都在這個學校快樂地學習。

有一天，棒棒糖老師帶著一個轉學生進教室，他長得跟其他糖果都不一樣，全身是透明的，裡面裝著許多白色顆粒，老師說：「這是砂糖罐小弟弟，以後大家都是同學，要和睦相處喔！」

砂糖罐小弟弟很害羞內向，靜靜地坐在座位上，不敢跟大家講話。同學們覺得砂糖罐小弟弟的玻璃看起來冷冰冰的、很奇怪，所以都不敢去找他講話。砂糖罐小弟弟每天獨來獨往，非常寂寞。

一天，水果糖弟弟感冒了，必須喝藥水，但是藥水太苦了，他哭著不想喝，老師和同學勸他喝，他都搖著頭、硬是不肯喝，大家都拿他沒辦法。

這時，砂糖罐小弟弟走了過來，說：「別哭了，我來幫你吧！」他取出一小匙砂糖，倒進藥水裡攪一攪，再遞給水果糖弟弟，水果糖弟弟一喝，果然不苦了，他很順利地把藥水全部喝光，大家都鬆了一口氣。

經過這件事，同學們發現砂糖罐小弟弟雖然外表看起來冷冰冰的，其實有一顆甜蜜又善良的心；雖然長得和大家不大一樣，其實一樣都是糖果。從此以後，同學們經常找砂糖罐小弟弟一起聊天、玩耍，砂糖罐小弟弟很開心能交到這麼多好朋友！

# 老巫師跳蚤市場

有一位年老的巫師，和一個小助手住在森林的小木屋裡。小助手每天勤勞地替老巫師整裡屋子，但是因為老巫師經常買回許多稀奇古怪的東西，所以家裡總是顯得擁擠雜亂。

有一天，老巫師興沖沖地帶回許多來自失事太空船、具有外星神祕力量的物品，卻發現家裡所有的儲藏室、櫃子、箱子全都塞滿了，根本沒地方放新的物品，於是決定丟掉一些舊東西。他拿了一個大垃圾袋，一邊丟一邊說：

「這是一揮就能變出禮服的魔法棒，曾經幫助灰姑娘參加王子的宴會。但是現在早就不流行蓬蓬裙了，還是丟掉吧！」

「這是喝下去會長出一雙腳的藥水，曾經幫助人魚公主變成人類。但是現在人魚們都在深海過著幸福快樂的日子，完全不想變成人類，這瓶藥水還是丟了吧！」

「這個紡錘刺到手指就會讓人沉睡，曾經讓睡美人睡了好幾年，直到白馬王子來親她一下，她才醒來。這個紡錘太危險了，還是丟掉吧！」

老巫師就這樣把許多歷史悠久的物品都扔進垃圾袋，小助手在旁看了，覺得很可惜，說：「這些東西應該還有用處吧？」

「別說了，」老巫師說：「這些東西已經放了好幾百年都沒用過一次，以後也不會有用，你現在就把這袋垃圾拿去鎮上的垃圾場丟掉吧！」

小助手背著袋子往鎮上走去，靈機一動，走到市集，把這些奇妙的東西全都擺在地上，扯開喉嚨喊著：「老巫師跳蚤市場！各種奇妙的魔法道具，大家快來看看喔！」

許多人都好奇地過來參觀。一位婚紗攝影師買下了魔法棒，他高興地說：「以後我可以替準新娘變出漂亮的禮服，拍出很棒的婚紗照了！」

一位在戰爭中失去雙腿的士兵買了藥水，喝下後果然長出了健康的雙腳，他感激地不斷對小助手道謝。

一對老夫妻買下了紡錘，原來老婆婆常常失眠，她害羞地說：「有了這個紡錘，以後我可以睡個好覺了，只是每天早上要老公公親我一下把我叫醒，怪不好意思的！」

不久，所有東西都賣掉了。小助手把賺到的錢都拿回家交給老巫師，並說明事情經過，老巫師高興地說：「原來我們不需要的東西，對別人來說可能很有用處，這個方法不但可以讓物品發揮功用，還可以幫助別人，真是好處多多啊！」

此後，老巫師和小助手每隔一段時日就會舉辦「跳蚤市場」，將許多神奇但少用的物品，用便宜的價格賣出，幫助鎮民們解決了許多問題，老巫師的家裡也不再總是堆滿物品，變得整潔許多了。

《國語週刊．基礎版》812期　2019.10.20-26

# 一朵會唱歌的蓮花

山上的寺廟裡，住著一位老和尚和一個小和尚。他們每天虔誠地念經禮佛、吟唱佛歌，並自己種菜、種稻、種水果，過著淡泊平靜、自給自足的生活。

寺廟旁有一個池塘，池裡有許多漂亮的錦鯉，而且每年夏天都會開出粉紅色的蓮花。今年夏天也開了許多蓮花，其中有一朵特別大而美麗，小和尚在寺廟附近灑掃時，時常一面唱著師父教的佛教歌曲，一面欣賞這朵高雅潔淨的蓮花。

山腳下有一個小村落，村民們都很勤快務實，但是個性暴躁，容易衝動，所以時常吵架、打架。老和尚曾經試圖對村民宣揚佛法，但村民們完全聽不進去。

有一天，村裡有兩個男人上山砍柴，突然聽到一陣悠揚的歌聲，他們循聲看去，竟然是池塘裡的一朵蓮花在唱歌，他們嚇得連滾帶爬地跑回村裡，說在山裡遇到了妖怪，唱著奇怪的歌，要奪取人的靈魂，他們召集了村裡所有的男人，帶著斧頭、拿著火把，上山去消滅妖怪。

小和尚見寺廟前突然聚集了一大群人，要對這朵蓮花不利，趕緊上前阻止，村民們卻大聲嚷嚷：「小和尚，快讓開！這朵花是妖怪，會傷害上山砍柴的村民，今天我們一定要把他砍了燒掉！」

小和尚著急地說：「不，你們看這朵花，生長在淤泥中，卻不受汙染，如此高潔，怎麼會是妖怪呢？一定是你們弄錯了！」

雙方正僵持不下，老和尚出來了，他雙手合十，慈悲地說：「阿彌陀佛，上天有好生之德，花朵也是有生命的，這朵蓮花從未加害於人，你們又何必濫殺無辜呢？」

帶頭的村民大聲說：「哪有花會唱歌的，一定是妖怪！」

其他村民紛紛附和、鼓譟著：「對呀！」「沒錯！」

老和尚沉穩地說：「請各位稍安勿躁，靜下心來，聽聽看這朵花在唱什麼吧！」

村民們安靜下來，仔細聆聽，才聽出原來蓮花唱的，是小和尚經常在唱的佛曲，而且，曲調是那麼清雅柔和，聽著聽著，他們原本浮躁的心平靜了下來，感到前所未有的寧靜安詳。

村民們回到村裡後，把這件事傳開了，說佛法高妙，把蓮花都感動了。從此村裡的男女老少，常常到山上欣賞蓮花，聆聽老和尚說佛教故事，向小和尚學唱佛教歌曲，村民們的性情都變得溫和許多，村裡的氣氛也更加融洽了。

《國語週刊．基礎版》778期　2019.2.24-3.2

# 驕傲的窗簾妹妹

窗簾妹妹好漂亮啊！粉紅色的布料上，點綴著朵朵桃紅色的小花。每個經過這扇窗的人，都不禁停下腳步，欣賞、稱讚窗簾妹妹的美麗。至於窗簾妹妹身後，那毫不起眼的玻璃窗哥哥和紗窗弟弟，卻從來沒有人多看一眼。

窗簾妹妹以為自己是全世界最美的窗簾，所以非常傲慢，她常常沒禮貌地對玻璃窗哥哥說：「把你那又冰又硬的身體挪開一點！你把我柔軟的花裙都弄皺了！」又凶巴巴地對紗窗弟弟說：「你那髒兮兮的臉離我遠一點！你把我美麗的衣裳都弄髒了！」她常常抱怨：「我真不懂，主人為什麼在這扇窗上裝了窗簾，還要裝玻璃窗和紗窗。這扇窗明明只要有我就夠了！」

玻璃窗哥哥和紗窗弟弟都很老實溫和，所以對於窗簾妹妹嬌縱無禮的責罵和埋怨，只是默默聽著，並沒有說什麼。

一天早上，主人突然把玻璃窗哥哥和紗窗弟弟拆了下來，搬走了。窗簾妹妹開心地在晨風中飛舞著，說：「太好了！這下我不必擔心被弄髒弄皺了！」但過了不久，她就發現早晨的風很冷，冷得她直打哆嗦，有時甚至吹來一陣陣的沙塵，嗆得她直打噴嚏，她告訴自己：「沒關係，等到中午就會溫暖些了！」

沒想到，到了中午，豔陽高照，晒得她暈了過去。在昏昏沉沉間，她感到身上奇癢無比，仔細一看，身上竟停了許多小果蠅，她害怕地趕緊抖動身體，才把他們趕跑了。但是過了一會兒，蒼蠅和蚊子都飛了過來，她左躲右閃，一刻都無法休息。

下午，突然下起了雷陣雨，雨水濺到窗簾妹妹身上，她又溼又冷，很不舒服。傍晚，有一隻野貓散步經過，看到窗簾妹妹飛揚的裙擺，覺得很有趣，就跳過來抓著玩，嚇得窗簾妹妹花容失色！

窗簾妹妹難過地想：「原來，玻璃哥哥的身體又冰又硬，是為了替我阻擋風吹、日晒和雨打；紗窗弟弟的臉常常髒髒的，是因為他替我阻擋了灰塵、蚊蟲和野貓的侵襲。我以前能過得那麼舒服、那麼快樂，都是因為玻璃哥哥和紗窗弟弟默默付出的緣故。我卻不知道感激，還常常責怪、嫌棄他們，真是太不應該了！」

到了晚上，主人把擦洗乾淨的玻璃哥哥和紗窗弟弟帶回來，裝了回去，窗簾妹妹高興地說：「你們終於回來了！我好想念你們！」

從此以後，窗簾妹妹再也不驕傲、不抱怨了，還時常由衷地表示感謝，從此和玻璃哥哥、紗窗弟弟過著和樂融融的日子。每個經過這扇窗的人，都說這扇窗看起來好像在微笑，比以前更明亮、更漂亮了呢！

《國語週刊・基礎版》743期　2018.6.24-30

# 秒針的抱怨

學校的時鐘裡住了三兄弟，老三是秒針，他的身材最纖細、動作最靈活，每一秒跳一格，每六十秒跳一圈；老二是分針，他的身材適中，力氣說大不大、說小不小，每當秒針跳完一圈時，分針就會趕緊往前走一格，每一格是一分鐘，每六十分鐘走一圈；老大是時針，他的身體最強壯、力氣最大，每當分針走完一圈時，時針就要拉著沉重的時鐘零件往前走一大格，走完十二大格時就繞了一圈，走完兩圈就過了一天。

時鐘三兄弟日夜不停的工作，非常勤奮認真，學校裡的老師、職員和小朋友們，每天都看著時鐘，確定什麼時候上課、下課、吃午餐、睡午覺、打掃，直到放學後、深夜裡，時鐘三兄弟仍然努力地工作著。

時針和分針每天看著大家按照時鐘正常地作息，快快樂樂地上班、上學，平平安安地下班、回家，覺得很心滿意足。可是秒針卻越來越覺得不公平，他覺得自己每秒就要跳一下，兩個哥哥卻久久才需要慢吞吞地走一步，而大家都把注意力放在大哥和二哥身上，每個人看到時鐘，都說「現在幾點」或「現在幾點幾分」，很少有人會注意「現在幾秒」，簡直是對秒針視而不見，秒針因此怨天尤人，覺得自己真是太不幸了！

有一天，秒針又不停地抱怨，最後乾脆罷工了，他說：「反正我不工作也沒有人會注意到！」但是秒針不工作，分針和時針也沒辦法正常地運轉，分針無奈地說：「那我和你交換工作吧！」秒針卻任性地說：「為什麼大哥就可以一天只走二十四次，要換工作的話，我寧可跟大哥換！」

時針只好和秒針交換工作，他身軀壯碩，不停地跳躍對他來說很吃力，他累得滿臉通紅、氣喘吁吁，甚至跌倒了好幾次，分針擔心地替他加油，秒針卻高興地呼呼大睡。

一小時後，時針和分針把秒針叫醒，告訴他該往前走一格了，秒針一往前走，才發現要轉動整個時鐘的齒輪、向前走一大步，是很費力的事，他累得暈頭轉向、筋疲力盡，等他好不容易走到時，已經比平常慢了許多。

時針和秒針都走得忽快忽慢、亂七八糟，弄得分針無所適從，也只好隨便亂走。時鐘三兄弟失常了，學校的生活也亂了套：小朋友們不知道已經上課了，還在操場上玩耍；老師們不知道已經下課了，還在臺上滔滔不絕地講個不停；送餐阿姨不知道午餐時間到了，沒有送營養午餐來，大家的肚子都餓得咕嚕咕嚕叫；到了下午，許多小朋友以為已經放學，還沒打掃就離開學校了。校長發現時鐘壞掉了，趕緊把時鐘拿去修理。

時鐘修好後，時針和秒針都回到原本的工作崗位，秒針不再抱怨，他知道每種工作都有辛苦的地方，也都很重要，他應該根據自己的專長選擇工作，並努力把自己分內的事做好，不必隨便羨慕、嫉妒別人。時鐘三兄弟從此和樂相處、互助合作，學校生活也恢復了往日的平靜。

《國語週刊・基礎版》756期　2018.9.23-29

# 亞特蘭提斯的眠床

在一座美麗的森林裡，住著許多單純可愛的動物。

有一天，一隻看起來很精明的狐狸，用推車運了一張淺藍色、軟綿綿的床鋪，來到這座森林，動物們都好奇地圍過來看，驚嘆著：「好漂亮的一張床啊！」

狐狸大聲說：「我是旅遊各地的冒險家，這張床是來自古老的帝國亞特蘭提斯，今天有緣來到這裡，各位只要拿五百顆蔬菜或水果，就可以在床上躺十分鐘喔！」

動物們雖然覺得五百顆蔬果太貴了，但是來自亞特蘭提斯的眠床一旦錯過，這輩子恐怕再也遇不到了，所以小白兔努力地從菜園拔了五百條蘿蔔，小猴子辛苦地從果園摘了五百根香蕉，小松鼠爬上爬下地在樹上採了五百顆栗子……他們紛紛來到狐狸面前，排著隊準備躺一躺世上難得一見的「亞特蘭提斯的眠床」。

這時聰明的貓頭鷹飛過來說：「各位！你們不要被狡猾的狐狸騙了！亞特蘭提斯已經沉到海底了，可是這張床一點也不像泡過海水的樣子！」動物們聽了議論紛紛，狐狸自知騙不過，隨便抓了幾顆蔬果，丟下那張床鋪就溜走了。

後來經過黑熊警察調查，原來那張床鋪是附近一家農場主人家的嬰兒床，因為他的孩子已經長大、不需要那張床了，所以放在門口準備回收，沒想到就被狐狸偷走了。農場主人笑呵呵地說：「如果森林動物們喜歡，就送給大家吧！」

從此，動物們便把這張床放在森林裡的大榕樹下，命名為「亞特蘭提斯的眠床」，空閒時就躺在上面休息、聊天，並且提醒大家「害人之心不可有、防人之心不可無」，遇到特殊的生意時要仔細思考、判斷，才不會蒙受無謂的損失喔！

# 風車與水車的辯論

在一個油畫般優美的鄉村，一畝生機盎然的小麥田中，有座白牆紅瓦的磨坊，住著一位慈藹的老麵包師傅。

磨坊前有一條清澈的小河，晝夜不停地潺湲，河邊裝置著一具大型精緻的木製水車，隨著流水夜以繼日地轉動，將河水帶入肥沃的田畝，將青青麥苗灌溉孕育為飽滿金黃的麥穗。

磨坊旁緊連著一座雄偉漂亮的風車，紅磚砌的風車塔上，拴著三片雪白的扇葉。當大風呼呼地吹，風車便快速強勁地運轉，轉動磨坊中的石磨，把小麥磨成了麵粉，老師傅便用這些麵粉，做出許多香噴噴的全麥麵包。當微風輕輕地吹，風車就冉冉地轉，老師傅做的麵包就少些。如果當天無風，風車文風不動，老師傅就不做麵包，他在田間溪邊散步，欣賞旭日下水車繚繞金色小河的呢喃，夕陽下風車輝映彩霞旖旎的變幻，夜空中繁星寧靜又華麗的神祕。

一個恬謐的夏日午後，風車在豔陽下非常淡定，只偶爾晃動一下，像沉思中偶爾頷首的智者。而水車在淙淙溪流中，仍然勤奮不懈地工作著。老師傅坐在溪邊大石上持著釣竿，一邊釣魚、一邊閉目養神，忽聽得水車嘩啦地架話：

「風車啊！你為何偷懶？孔子說：『逝者如斯夫，不舍晝夜』，《周易》中說：『天行健，君子以自強不息』，我們應珍惜光陰，焚膏繼晷，夙夜匪懈，怎能三天打漁、兩天晒網，一日暴之、十日寒之呢？」

風車悠悠地回答：「水車啊！你為何不休息一下呢？適度休息更能提高效率，過度勞累反而容易壞事，你這樣從早到晚不停地工作，我真擔心你有一天會撐不住啊！」

水車精神抖擻地說：「我身體強健得很，《呂氏春秋》中說：『流水不腐，戶樞不蠹』，我是越動越健康，你三天兩頭地休息，我才擔心你要生鏽了呢！」

風車慢條斯理地說：「只知奔波勞碌，卻沒有時間欣賞沿途的風景，不是太可惜了嗎？」

水車激昂地說：「你太天真了。羅曼羅蘭說得好：『生活是一場艱苦的鬥爭，永遠不能休息一下，要不然，你一寸一尺苦苦掙來的，就可能在一剎那間前功盡棄。』要實現夢想，有所成就，就要持恆努力，絕不能抱著你這種悠哉散漫的態度！」

「人各有志，」老師傅忍不住插嘴道：「你們兩位都能順應環境的條件和自身的特質，發揮所長，對我的磨坊卓有貢獻，雖然人生觀不同，對我來說都是可敬可愛的好夥伴啊！」

老師傅一說出口，風車和水車的爭論就停止了，老師傅睜開眼，但見一片祥和，水車在汩汩江河中規律地轉著輪子，風車在剛起的風中也打起精神開始運轉，老師傅收起釣竿站了起來，準備進磨坊做他最自豪的麵包了。

《馬祖日報．副刊》 2019.7.12

（圖：林庭羽）

兒童文學54　PG2513

# 奇異的魔法色筆

## ──陳慧文童話故事集

**作者**／陳慧文
**責任編輯**／姚芳慈
**圖文排版**／周妤靜
**封面設計**／劉肇昇
**出版策劃**／秀威少年
**製作發行**／秀威資訊科技股份有限公司
114 台北市內湖區瑞光路76巷65號1樓
電話：+886-2-2796-3638
傳真：+886-2-2796-1377
服務信箱：service@showwe.com.tw
http://www.showwe.com.tw

**郵政劃撥**／19563868
戶名：秀威資訊科技股份有限公司
**展售門市**／國家書店【松江門市】
104 台北市中山區松江路209號1樓
電話：+886-2-2518-0207
傳真：+886-2-2518-0778

**網路訂購**／秀威網路書店：https://store.showwe.tw
國家網路書店：https://www.govbooks.com.tw
**法律顧問**／毛國樑　律師

**總經銷**／聯寶國際文化事業有限公司
221新北市汐止區康寧街169巷27號8樓
電話：+886-2-2695-4083
傳真：+886-2-2695-4087

**出版日期**／2021年1月　BOD一版　**定價**／220元
ISBN／978-986-99614-1-7

秀威少年
SHOWWE YOUNG

國家圖書館出版品預行編目

奇異的魔法色筆 : 陳慧文童話故事集 / 陳慧文著. -- 一版. -- 臺北市 : 秀威少年, 2021.01
面； 公分. -- (兒童文學 ; 54)
BOD版
ISBN 978-986-99614-1-7(平裝)

863.596　　109018550

# 讀者回函卡

感謝您購買本書，為提升服務品質，請填妥以下資料，將讀者回函卡直接寄回或傳真本公司，收到您的寶貴意見後，我們會收藏記錄及檢討，謝謝！

如您需要了解本公司最新出版書目、購書優惠或企劃活動，歡迎您上網查詢或下載相關資料：http:// www.showwe.com.tw

您購買的書名：________________________________

出生日期：________年________月________日

學歷：□高中（含）以下　□大專　□研究所（含）以上

職業：□製造業　□金融業　□資訊業　□軍警　□傳播業　□自由業

□服務業　□公務員　□教職　□學生　□家管　□其它_____

購書地點：□網路書店　□實體書店　□書展　□郵購　□贈閱　□其他

您從何得知本書的消息？

□網路書店　□實體書店　□網路搜尋　□電子報　□書訊　□雜誌

□傳播媒體　□親友推薦　□網站推薦　□部落格　□其他__________

您對本書的評價：（請填代號　1.非常滿意　2.滿意　3.尚可　4.再改進）

封面設計____　版面編排____　內容____　文／譯筆____　價格____

讀完書後您覺得：

□很有收穫　□有收穫　□收穫不多　□沒收穫

對我們的建議：________________________________

________________________________

________________________________

________________________________

請貼
郵票

11466
台北市內湖區瑞光路 76 巷 65 號 1 樓
**秀威資訊科技股份有限公司** 收
BOD 數位出版事業部

（請沿線對折寄回，謝謝！）

姓　　名：＿＿＿＿＿＿＿＿　年齡：＿＿＿＿　性別：□女　□男

郵遞區號：□□□□□

地　　址：＿＿＿＿＿＿＿＿＿＿＿＿＿＿＿＿

聯絡電話：(日) ＿＿＿＿＿＿＿＿ (夜) ＿＿＿＿＿＿＿＿

E-mail：＿＿＿＿＿＿＿＿＿＿＿＿＿＿＿＿